De la 6e à la 5^e

Passeport

N°1 des cahiers de vacances

Maths

Philippe ROUSSEAU
Professeur agrégé de mathématiques

hachette
ÉDUCATION

Bienvenue dans ton Passeport Maths de la 6e à la 5e !

Dans ton cahier Passeport, tu trouveras tout ce dont tu as besoin pour réviser avec efficacité et plaisir tout le programme de maths de ton année de 6e :

Les 18 séquences de révision

Chacune de ces séquences, axée sur une grande notion du programme, te propose :

RAPPEL DE COURS un résumé de cours structuré, illustré par de nombreux exemples. Tu pourras t'y référer aussi souvent que tu le souhaites.

des exercices 6 à 8 exercices de niveaux très progressifs et souvent accompagnés de conseils (« bulles jaunes »), pour bien t'entraîner.
Parmi ces exercices, certains se distinguent sur un fond bleu :

L'EXO RIGOLO Il s'agit d'un exercice amusant, faisant appel à l'ingéniosité.

L'EXO MÉMO Cet exercice récapitule ce que tu as vu dans la séquence.

L'EXO COSTAUD Celui-ci, plus difficile, aiguisera tes compétences.

Les QUIZ BILANS

Après les séquences 4, 8, 12, 16 et 18, tu trouveras des quiz pour vérifier très rapidement que tu as bien retenu l'essentiel.

Les corrigés des exercices

Les corrigés des exercices ont été regroupés au centre de ton cahier Passeport, afin que tu puisses les détacher facilement. Leur rédaction détaillée, étape par étape, et les nombreux commentaires qui les accompagnent facilitent leur pleine compréhension.

COUVERTURE
Conception graphique : **Mélissa Chalot**
Réalisation : **Sylvie Fécamp**
Photographie : **©kali9/gettyimages**

INTÉRIEUR
Conception graphique : **Oxygène multimédia**
Réalisation PAO et schémas : **Grafatom**
Illustrations : **Dominique Fages**

Crédits photographiques des bandeaux en haut de page : pp. 4-9, 16-21, 24-29, 34-41, 44-47 : ©stock.xchng ; **pp. 14-15 :** ©Zoli Plosz, stock.xchng ; **pp. 10-11, 30-31 :** ©Zorey.

ISBN : 978-2-01-714832-6

www.parascolaire.hachette-education.com

Achevé d'imprimer en Mars 2023 en Espagne par Grafo - Dépôt légal : Avril 2022 - Édition 02

Avec tous les corrigés DÉTACHABLES au centre du cahier

Sommaire

Après-midi

RAPPEL DE COURS

Pourcentage

• 13 % se lit « treize pour cent » et représente la fraction : $\frac{13}{100}$.

• Calculer *a* % d'une grandeur *x*, c'est calculer $\frac{a}{100} \times x$.

Ex. 35 % de 64, c'est $\frac{35}{100} \times 64$, soit 22,4.

Proportions

• Deux grandeurs sont dites **proportionnelles** quand on passe de l'une à l'autre en multipliant toujours par le même nombre. Ce nombre est le **coefficient de proportionnalité**.

Ex. Le prix de l'essence est proportionnel à la quantité achetée.

• Si un litre d'essence coûte 1,50 euro, on peut établir un tableau comme ci-dessous.

quantité (en L)	1	40	62
prix (en €)	1,50	60	93

×1,50

1,50 est le coefficient de proportionnalité ou image de l'unité.

• Dans un tableau de proportionnalité, on peut multiplier les valeurs d'une colonne par un nombre pour obtenir une seconde colonne.

Ex.

×8

x	12	96
y	4,5	36

Pour se mettre dans le bain...

1 Vive les vacances ! Eva et Paul vont à la piscine accompagnés de leurs camarades Enzo et Sonia. Leurs quatre entrées coûtent 6,80 euros.

a **Quel est le prix d'une entrée ?**

....

....

b **Complète le tableau de proportionnalité suivant.**

nombre d'entrées	4	1	8	20	5
prix en euros	6,80	.....	.....	.....	.....

c **Quelle sera la dépense totale pour les quatre amis s'ils vont à la piscine pendant 5 jours ?**

....

....

2 **a** **Écris les pourcentages sous forme fractionnaire, puis décimale.**

Un exemple : $17\,\% = \frac{17}{100} = 0,17$

• 23 % = ... • 47 % = ...

• 3 % = ... • 100 % = ...

b **Écris les nombres décimaux en pourcentage.**

Un exemple : $0,14 = \frac{14}{100} = 14\,\%$

• 0,06 = ... • 1,32 = ...

• 0,37 = ... • 0,355 = ...

Un goûter qui donne l'eau à la bouche !

3 Pour leur goûter à la piscine, Eva et Paul ont emporté un paquet de gâteaux au chocolat de masse 400 g. Sur l'étiquette, ils lisent : farine de blé (25 %), chocolat (20 %), sucre (15 %), …

piscine !

a Calcule les masses de farine de blé, de chocolat et de sucre contenues dans leur paquet.

....

....

....

....

....

b Détermine la masse des autres ingrédients.

....

....

....

Attention ! Ne pas calculer de pourcentage, une simple soustraction suffit !

4 Complète les tableaux de proportionnalité en utilisant le coefficient multiplicateur entre les deux colonnes.

×10

x	6,5	....
y	4,25	....

×....

x	6	24
y	3,5	....

5 Quel est le prix de 40 entrées ?

nombre d'entrées	4	40
prix en euros	6,80	....

....

6 Sonia prépare un gâteau. Elle dispose d'une recette avec 250 grammes de farine et 150 grammes de sucre. Elle décide de n'employer que 125 grammes de farine.

Combien Sonia doit-elle mettre de sucre dans son gâteau ?

	recette	gâteau
farine en grammes	250	125
sucre en grammes	150	....

....

....

L'EXO COSTAUD

7 Le vendredi, les quatre amis vont après 16 heures à la piscine avec les 6,80 euros pour payer les entrées. Arrivant tardivement, ils ont droit à une réduction de 30 % sur le montant du prix habituel.

a Calcule le montant de la réduction.

....

....

....

....

b Combien doivent-ils payer ?

....

....

....

....

L'EXO MÉMO

8 Complète chaque phrase par un nombre entier.

a Calculer **10 %** d'une quantité, c'est diviser cette quantité par ....

b Calculer **20 %** d'une quantité, c'est diviser cette quantité par ....

c Calculer **25 %** d'une quantité, c'est diviser cette quantité par ....

d Calculer **50 %** d'une quantité, c'est diviser cette quantité par ....

e Calculer **2 %** d'une quantité, c'est diviser cette quantité par ....

Mer ou

Vacances à la carte ?

1 C'est bientôt le départ en vacances ! Mais vers où ? Mystère… Eva préfère la mer et Enzo la montagne. Pour découvrir leur destination, ils mènent l'enquête et ont déjà trouvé un indice : une carte de France sur laquelle sont dessinés :

- le segment [Paris – Bordeaux] où figure son milieu *I* ;
- la droite (Nantes – Marseille) ;
- la droite (Paris – Strasbourg).

Trace ce segment et ces deux droites sur la carte ci-dessus et place le point *I*.

Ne confonds pas un segment et une droite !

2 **Effectue les tracés suivants :**

- en bleu, le segment [*SU*] ;
- en rouge, la droite (*UV*) ;
- en vert, la demi-droite [*VS*).

Vers la résolution de l'énigme…

3 **Utilise ton équerre pour répondre aux questions.**

a **Trace en vert la droite perpendiculaire à (*BC*) passant par *A* sur la figure de la page 7.**

RAPPEL DE COURS

Segment

Un **segment** est une partie d'une droite délimitée par deux points appelés **extrémités**.

Ex.

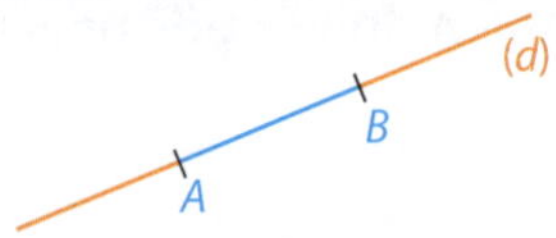

La partie bleue de la droite (*d*) comprise entre les points *A* et *B* est le segment [*AB*] d'extrémités *A* et *B*.

Droites

- Deux droites possédant un seul point en commun sont dites **sécantes**.
- Deux droites sécantes formant un angle droit sont dites **perpendiculaires**.
- Deux droites qui ne sont pas sécantes sont **parallèles**.

Ex.

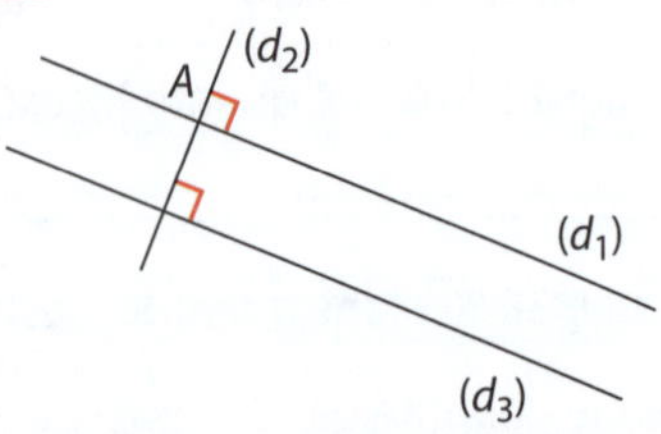

Les droites (d_1) et (d_2) sont sécantes en *A* et perpendiculaires. Les droites (d_1) et (d_3) sont parallèles.

Propriétés des droites

- Si deux droites sont perpendiculaires à une même troisième droite, alors elles sont parallèles entre elles.
- Si deux droites sont parallèles et si une troisième droite est perpendiculaire à l'une d'elles, alors elle est perpendiculaire à l'autre.

montagne ?

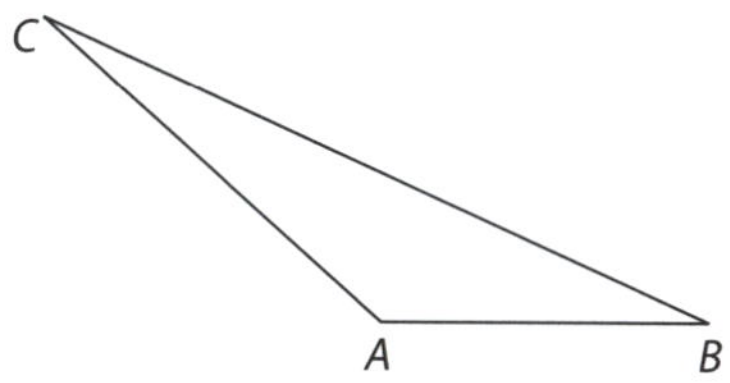

b Trace en rouge la droite perpendiculaire à (*AB*) passant par *C*. Elle coupe (*AB*) en *O*.

c Trace en bleu la droite perpendiculaire à (*AB*) en *B*.

N'oublie pas de coder les angles droits.

4 a En laissant apparentes les traces de construction, construis avec l'équerre :

- la droite (*d*) parallèle à (*BA*) passant par *S* ;
- la droite (*d*′) parallèle à (*AS*) passant par *B*.

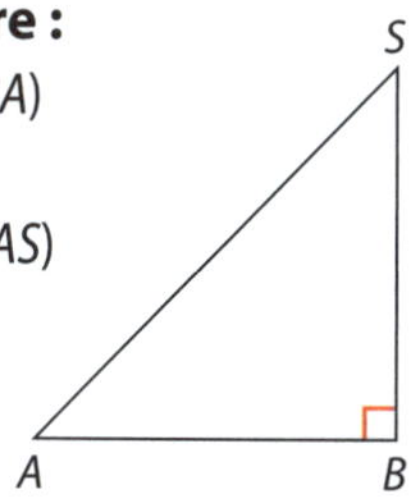

b Nomme *E* le point d'intersection de (*d*) et de (*d*′) et vérifie que [*AB*] et [*SE*] ont la même longueur.

c Quelle est la nature de *BASE* ?

....

5 On donne la figure ci-dessous. **Complète la démonstration.**

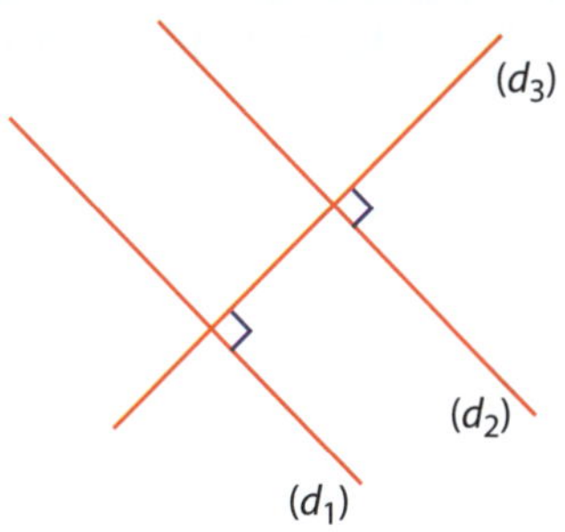

On sait que (d_1) et (d_3) sont .... et que (d_2) et .... sont perpendiculaires.

Si deux droites sont perpendiculaires ....
....,
alors elles sont ....

On a donc .... et .... parallèles.

L'EXO COSTAUD

6 Sonia, toujours bien informée, donne à Eva et Enzo les indications suivantes :
« Le lieu des vacances se situe sur la parallèle à la droite joignant Nantes à Marseille et qui passe par le milieu du segment joignant Paris à Bordeaux. Il est aussi situé sur la perpendiculaire en Strasbourg à la droite joignant Paris à Strasbourg. »

a Sur la carte de l'exercice 1, décris comment tu peux construire, à l'aide d'une équerre et en utilisant la ville de Bourges, la droite parallèle à la droite reliant Nantes à Marseille et qui passe par le point *I*.

....
....
....
....
....
....

b • Complète la carte de l'exercice 1 en suivant les informations fournies.

• Marque d'un *V* le lieu des vacances.

c Qui d'Eva et d'Enzo sera le plus satisfait de la destination des vacances ?

....
....
....
....

Bagages,

Une question de place !

1 En vue du départ en vacances, Paul et Enzo préparent leurs bagages et comparent leur valise : chacun se plaint, prétendant avoir la valise la plus petite.

a La valise de Paul mesure 80 cm de long, 30 cm de large et a une profondeur de 25 cm.

Calcule son volume.

Les valises ont la forme d'un parallélépipède rectangle.

....

....

....

....

b La valise d'Enzo mesure 75 cm de long, 40 cm de large et a une profondeur de 20 cm.

Calcule son volume.

....

....

c **Les deux garçons ont-ils raison de râler ?**

....

....

2 **Sans utiliser de tableau de conversion, complète les égalités.**

a Vers des unités plus petites :

- 2,3 cm³ = 2,3 × .... mm³ = ... mm³.
- 0,62 dm³ = 0,62 × 1 000 .... = ... cm³.
- 67 m³ = ... × .... dm³ = ... dm³.
- 0,014 m³ = ... dm³ = ... cm³.

b Vers des unités plus grandes :

- 127 dm³ = 127 ÷ .... m³ = ... m³.
- 1 650 cm³ = 1 650 ÷ 1 000 ..... = ... dm³.
- 973 mm³ = ... ÷ 1 000 cm³ = ... cm³.
- 7 200 mm³ = ... cm³ = ... dm³.

RAPPEL DE COURS

Unités de volume

- Les volumes se mesurent à l'aide du **mètre cube**, noté **m³**, de ses multiples et de ses sous-multiples.
- Pour passer d'une unité de volume à celle immédiatement inférieure, on multiplie par 1 000.
Pour passer d'une unité de volume à celle immédiatement supérieure, on divise par 1 000.

Ex. 1,4 m³ = 1,4 × 1 000 dm³ = 1 400 dm³.
12 000 mm³ = 12 000 ÷ 1 000 cm³ = 12 cm³.

- Pour mesurer les liquides, on utilise comme unité le **litre**, noté **L**, avec **1 L = 1 dm³**.
- On peut utiliser un **tableau de conversion** :

Ex.

m³			dm³			cm³			mm³		
			hL		L	dL	cL	mL			
					6	3,	4				
				1	7,	5	0	0			

63,4 dL = 6,34 L ; 17,5 dm³ = 17 500 cm³.

Calculer un volume

- Un **parallélépipède rectangle** de longueur *L*, de largeur *l* et de hauteur *h* a pour volume : $V = L \times l \times h$.

Ex. Le volume d'un parallélépipède de dimensions 3 cm, 2 cm et 4 cm est 3 × 2 × 4, soit 24 cm³.

- Un **cube** de côté *c* a pour volume : $V = c \times c \times c$.

bagages...

Du plus grand au plus petit...

3 En utilisant le tableau de conversion, complète les égalités suivantes.

m³			dm³			cm³			mm³		
			hL	daL	L	dL	cL	mL			
								5,	6		

- 5,6 cm³ = ... mm³.
- 37 500 cm³ = ... dm³.
- 2 800 cL = ... hL.
- 23,9 dL = ... daL.
- 1 743 mm³ = 1,743 ....
- 2,95 hL = ... dm³.

4 Un parallélépipède rectangle a une longueur de 40 cm et une largeur de 20 cm. Son volume est de 3 600 cm³. **Calcule la hauteur de ce parallélépipède rectangle.**

....

....

....

....

....

5 **a Combien d'arêtes possède un cube ?**

....

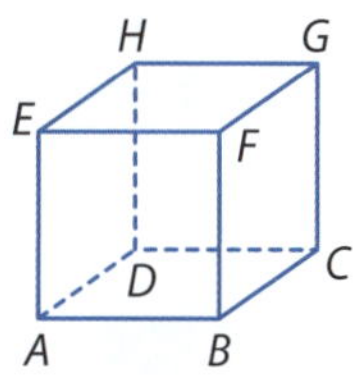

b La longueur totale des arêtes d'un récipient cubique est 240 cm.

Calcule la longueur d'une arête en dm.

....

....

c Peux-tu mettre 5 litres d'eau dans ce récipient ?

....

L'EXO MÉMO

6 Le sas d'une écluse peut être assimilé à un parallélépipède rectangle de longueur 8 m, de largeur 3 m et de hauteur 1,8 m.

a Calcule le volume du sas en mètre cube.

....

....

....

b Le sas doit être rempli au passage de chaque bateau.

Exprime, en litre, la quantité d'eau nécessaire.

....

....

L'EXO COSTAUD

7 Le coffre d'une voiture a une capacité de 480 litres.

a Exprime en dm³, puis en cm³, le volume du coffre.

....

....

....

b En utilisant le résultat de l'exercice 1, combien de valises comme celle de Paul pourrait-on mettre dans le coffre de la voiture ?

Une simple division suffit !

....

....

....

....

Sur la route

C'est parti !

1 Sonia a relevé les distances entre Paris et certaines villes.

ville	Auxerre	Beaune	Fontainebleau	Lyon	Mâcon
distance à Paris	160 km	302 km	60 km	456 km	384 km

a **Classe ces distances dans l'ordre croissant.**

....

....

b Enzo a tracé un diagramme sur lequel il veut faire figurer le nom des villes et leur distance par rapport à Paris.

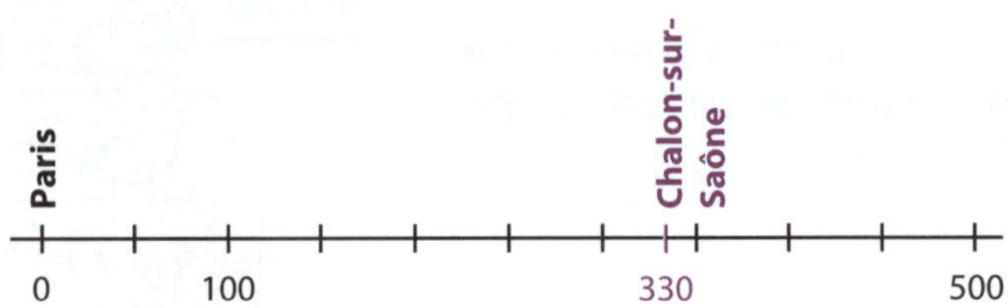

À quelle distance de Paris la ville de Chalon-sur-Saône se situe-t-elle ?

....

....

c **Complète le diagramme ci-dessus avec les noms des villes et leur distance à Paris.**

Cherche d'abord la valeur d'une graduation.

2 **Complète avec les symboles « < », « > » ou « = ».**

- 42 .... 71.
- 57 .... 51.
- 27,35 .... 25,6.
- 32,5 .... 32,7.
- 7,67 .... 7,8.
- 67,3 .... 67,28.
- 3,141 5 .... 3,141 50.
- 1,834 .... 1,834 2.

RAPPEL DE COURS

Décimaux

- Un **nombre décimal** est un nombre qui peut s'écrire avec une partie entière suivie d'une virgule et d'une partie décimale (avec un nombre fini de chiffres).
- La **valeur d'un chiffre** est fonction de sa position par rapport à la virgule (unités, dizaines, dixièmes…).

Ex. 65,28 est un nombre décimal dont la partie entière est 65 et la partie décimale 28.
5 est le chiffre des unités.

Comparaison de décimaux

Pour **comparer deux nombres décimaux**, on compare d'abord les parties entières, puis, si cela est nécessaire, les parties décimales chiffre par chiffre (dixièmes, centièmes…).

Ex. 17,34 et 17,325 ont la même partie entière 17, le même chiffre des dixièmes 3.
Pour 17,34, le chiffre des centièmes est 4 et pour 17,325 c'est 2 : on a donc 17,34 > 17,325.

Encadrement

$7 < 7{,}25 < 8$ est un **encadrement à l'unité** de 7,25 : 7,25 est compris entre 7 et 8.

Abscisse d'un point

À chaque point d'une droite graduée correspond un nombre : c'est son **abscisse**.

Ex. 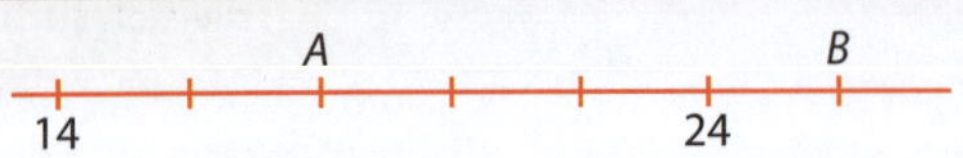

Les graduations sont régulières et une graduation correspond à 2 unités. L'abscisse de *A* est donc 18 et celle de *B* est 26.

des vacances

Une histoire de chiffres...

3 Pour chaque droite graduée, précise la valeur d'une graduation et l'abscisse des points.

a 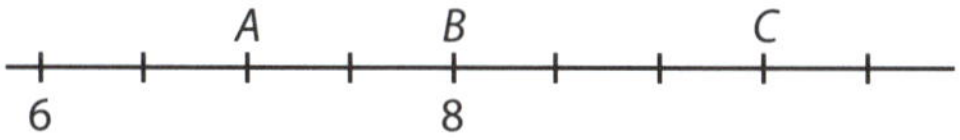

- Une graduation vaut .... unités.
- L'abscisse de *A* est ....
- L'abscisse de *B* est ....
- L'abscisse de *C* est ....

b 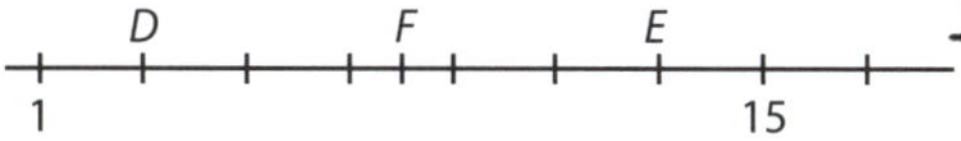

- Une graduation vaut .... unités.
- L'abscisse de *D* est ....
- L'abscisse de *E* est ....
- L'abscisse de *F* est ....

4 Écris les nombres suivants sous forme décimale.

- $a = 527 + \dfrac{47}{100} =$ ....
- $b = 193 + \dfrac{5}{10} + \dfrac{2}{1\,000} =$ ....
- $c = 37 + \dfrac{13}{10} =$ ....

5 À midi, les quatre amis ont déjeuné dans une cafétéria. Le repas de Sonia a coûté 11,75 euros, celui de Paul 11,40 euros, celui d'Enzo 11,80 euros et celui d'Eva 12,30 euros.

a Range ces prix dans l'ordre décroissant.

....

....

....

Attention ! On te demande ici l'ordre décroissant.

b Donne, pour les prix des repas d'Enzo et d'Eva, leur encadrement à l'unité.

....

....

....

L'EXO RIGOLO

6 a Complète chaque ligne par le mot qui convient.

① Dans 3,14, le chiffre 1 est le chiffre des ....

② Avant la virgule, on trouve la partie ....

③ Entre dixièmes et millièmes se situent les ....

④ Le chiffre avant la virgule est celui des ....

⑤ Dans 2 012, le chiffre de gauche est celui des ....

⑥ 5 fois 2 font une ....

⑦ 1 ÷ 1 000 est un ....

⑧ Dix dizaines font une ....

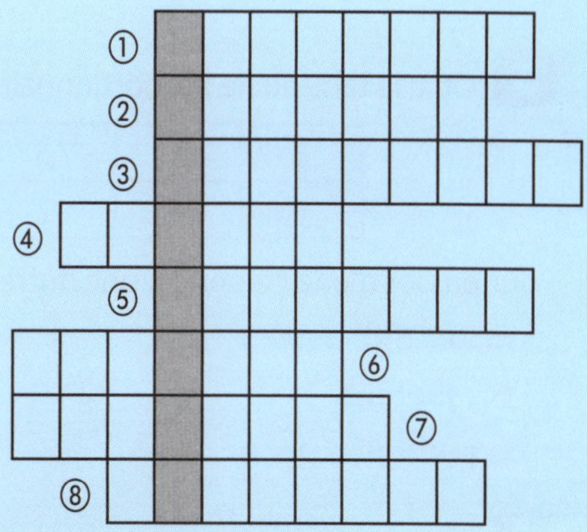

b Quel est le mot mystère de la colonne grisée ?

....

....

....

QUIZ BILAN

Pour chacun des 6 exercices d'une séquence, coche la bonne réponse. Après avoir consulté les corrigés, inscris ton score sur 6 dans la case prévue à cet effet. Si tu totalises moins de 4 points, nous te conseillons de revoir la leçon correspondante.

1. Proportionnalité (pp. 4-5)

1 Le son parcourt 330 mètres en une seconde. Quelle distance parcourt-il en une minute ?

☐ **a. 5,5 mètres**
☐ **b. 1,98 kilomètre**
☐ **c. 19,8 kilomètres**

2 Que vaut *x* dans le tableau de proportionnalité ci-dessous ?

a	*x*	14
b	6,5	13

☐ **a. 7** ☐ **b. 7,5** ☐ **c. 28**

3 Le nombre 0,015 correspond à :

☐ **a. 0,015 %** ☐ **b. 1,5 %** ☐ **c. 15 %**

4 Que valent 35 % de 48 ?

☐ **a. 13** ☐ **b. 16,8** ☐ **c. 83**

5 On a le tableau de proportionnalité ci-dessous.

x	2,5	7,5
y	4	12

Pour passer d'une colonne à une autre, on peut :

☐ **a. multiplier par 3**
☐ **b. ajouter 5**
☐ **c. multiplier par 5**

6 Avec une remise de 20 % sur un article à 15 euros, on paie :

☐ **a. 3 euros**
☐ **b. 12 euros**
☐ **c. 18 euros**

Total Proportionnalité .... /6

2. Éléments de géométrie (pp. 6-7)

1 Un élève doit dessiner un segment [*AB*]. Quel est le bon dessin ?

☐ **a.** ☐ **b.** ☐ **c.**

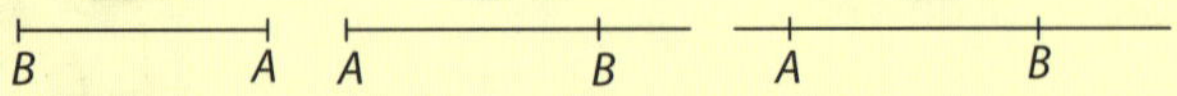

2 Quelle affirmation est fausse ?

☐ **a. si *C* est sur (*AB*), alors *A* est sur (*BC*)**
☐ **b. si *B* est sur [*AC*], alors *B* est sur (*AC*)**
☐ **c. si *A* est sur [*BC*], alors *B* est sur [*AC*]**

3 Quelle droite est perpendiculaire à (*D*) ?

☐ **a. (*AE*)**
☐ **b. (*BE*)**
☐ **c. (*FE*)**

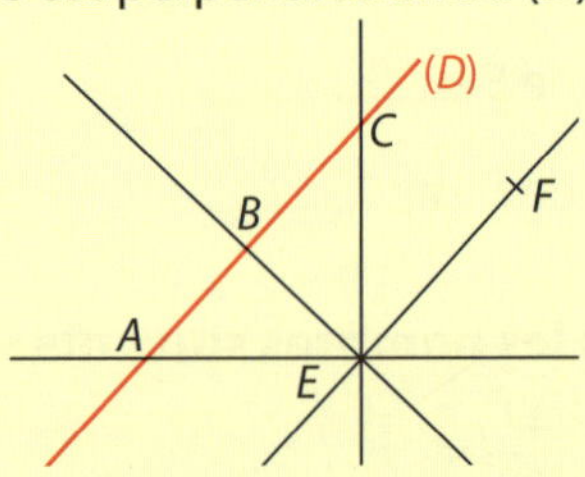

4 Sur la figure de la question précédente, quelle droite est parallèle à (*D*) ?

☐ **a. (*AE*)** ☐ **b. (*BE*)** ☐ **c. (*FE*)**

5 Soit (d_1) et (d_2) deux droites perpendiculaires, et (d_3) une droite perpendiculaire à (d_1). On peut en conclure que :

☐ **a. (d_3) est parallèle à (d_2)**
☐ **b. (d_2) est perpendiculaire à (d_3)**
☐ **c. (d_1) et (d_2) sont parallèles**

6 Si (d_1) est parallèle à (d_2) et à (d_3),

☐ **a. alors (d_2) et (d_3) sont parallèles**
☐ **b. alors (d_2) et (d_3) sont perpendiculaires**
☐ **c. alors on ne peut rien conclure**

Total Éléments de géométrie .... /6

3. Volumes (pp. 8-9)

1 Un parallélépipède rectangle a pour volume 24 cm³. Ses dimensions peuvent être :

☐ **a. 8 cm, 8 cm et 8 cm**

☐ **b. 12 cm, 2 cm et 2 cm**

☐ **c. 2 cm, 3 cm et 4 cm**

2 170 dm³ correspondent à :

☐ **a. 17 000 cm³**

☐ **b. 0,17 m³**

☐ **c. 1,7 m³**

3 Pour passer d'une unité de volume à celle immédiatement inférieure, on multiplie par :

☐ **a. 1 000**

☐ **b. 100**

☐ **c. 10**

4 237 cL correspondent à :

☐ **a. 237 cm³**

☐ **b. 2,37 dm³**

☐ **c. 0,273 dm³**

5 Parmi les trois volumes, quel est le plus grand ?

☐ **a. 25 000 mm³**

☐ **b. 2,8 cL**

☐ **c. 26 cm³**

6 Un parallélépipède rectangle a pour dimensions 6 cm, 4 cm et 0,2 dm.

Son volume est :

☐ **a. 4,8 cm³**

☐ **b. 48 cm³**

☐ **c. 4 800 cm³**

Total Volumes .... /6

4. Entiers - Décimaux (pp. 10-11)

1 Le chiffre des centièmes du nombre 432,567 est :

☐ **a. le chiffre 3**

☐ **b. le chiffre 6**

☐ **c. le chiffre 7**

2 $4 \times 100 + 5 + \frac{3}{10} + \frac{2}{1\,000}$ est égal à :

☐ **a. 405,32**

☐ **b. 45,302**

☐ **c. 405,302**

3 Quelle est l'abscisse du point *M* ?

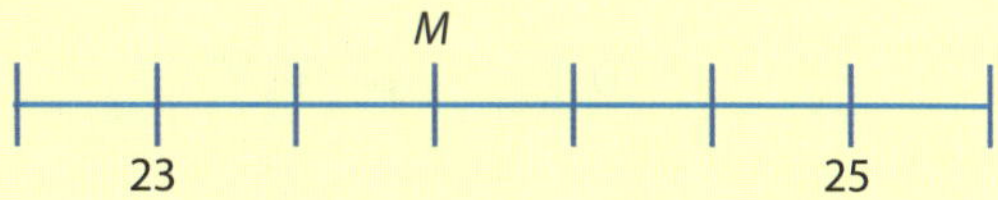

☐ **a. 23,2**

☐ **b. 23,4**

☐ **c. 23,8**

4 Quel est le point d'abscisse 5 ?

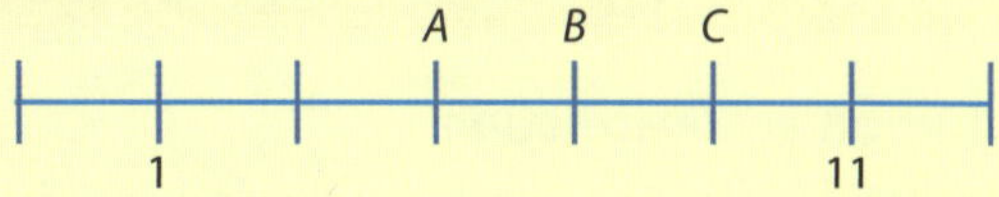

☐ **a. le point *A***

☐ **b. le point *B***

☐ **c. le point *C***

5 Où est l'erreur ?

☐ **a. 7,5 < 7,45**

☐ **b. 2,05 < 2,3**

☐ **c. 23,5 > 23,17**

6 L'ordre décroissant pour les nombres 3,14 ; 3,27 ; 3,08 ; 3,1 et 3,02 est :

☐ **a. 3,02 < 3,08 < 3,1 < 3,14 < 3,27**

☐ **b. 3,27 > 3,14 > 3,08 > 3,02 > 3,1**

☐ **c. 3,27 > 3,14 > 3,1 > 3,08 > 3,02**

Total Entiers - Décimaux .... /6

Jour

RAPPEL DE COURS

Addition et soustraction

- Le résultat d'une addition est une **somme**. Les différents nombres additionnés constituent les **termes de la somme**.
- Le résultat d'une soustraction est une **différence**. Les deux nombres soustraits l'un de l'autre constituent les **termes de la différence**.

Ex. Dans 10,31 + 9,6 + 12,26 = 32,17, 32,17 est la somme des trois termes 10,31 ; 9,6 et 12,26.
Dans 28,13 – 9,24 = 18,89, 18,89 est la différence des deux termes 28,13 et 9,24.

- Pour poser une addition ou une soustraction, il faut aligner les virgules.

Ex.

```
   10,31        28,13
+   9,6      –   9,24
+  12,26        18,89
   32,17
```

Ordre de grandeur

On peut utiliser des **ordres de grandeur** des différents termes pour déterminer un ordre de grandeur d'une somme ou d'une différence.

Ex. 28,13 et 9,24 ont pour ordres de grandeur 28 et 9. Un ordre de grandeur de la différence est 28 – 9, soit 19.

Souvenirs, souvenirs...

1 Aujourd'hui, il pleut ! Sonia, Paul, Enzo et Eva en ont profité pour faire des courses : ils se sont cotisés et ont acheté des souvenirs pour 77,35 euros, des cartes postales pour 11,60 euros et 20,40 euros de produits divers.

a • **Quel type d'opération faut-il réaliser pour obtenir le montant total à payer ?**

....

• **Complète les phrases suivantes.**

Le résultat de cette opération est une ....

Les nombres 77,35 ; 11,60 et 20,40 représentent les ....

.... de cette opération.

• **Pose l'opération et détermine le montant total à payer.**

Aligne bien les virgules !

....

b Les achats ont été payés en liquide et 120 euros ont été donnés à la caissière.

• **Quelle opération faut-il réaliser pour obtenir le montant rendu par la caissière ?**

....

• **Complète les phrases suivantes.**

Le résultat de cette opération est une ....

Les nombres 120 et 109,35 représentent les ....

.... de cette opération.

2 **a** **Donne des ordres de grandeur des nombres 77,35 ; 11,60 et 20,40 ; c'est-à-dire, ici, des valeurs approchées à la dizaine la plus proche.**

Un exemple : l'ordre de grandeur de 31,75 est 30.

....

....

de pluie !

b Déduis-en un ordre de grandeur de la somme des nombres 77,35 ; 11,60 et 20,40.

....

....

c Calcule la différence entre 120 et le résultat de la question b.

....

....

d Vérifie que les résultats obtenus aux deux questions précédentes sont cohérents avec le montant total des courses et le montant de la monnaie rendu à l'exercice précédent.

....

....

3 Pose et effectue les opérations. Fais attention à bien placer les virgules.

- 23,44 + 39,5
- 17,49 – 11,5
- 6,34 + 13 + 9,6
- 5,1 – 2,34

Des sous dans la tirelire !

4 Enzo a 53,70 euros dans sa tirelire. Pour les vacances, ses parents lui donnent 10 euros. Il possède alors 25 euros de plus que Sonia.

Combien d'argent Sonia a-t-elle ?

....

....

5 Complète les égalités suivantes.

- 17 + ... = 40.
- .... + 16 = 20.
- 34 – .... = 23.
- .... – 25 = 47.
- 6,5 + ... = 11,2.
- .... + 1,43 = 5,2.
- 9,4 – .... = 4,5.
- 11 – .... = 3,65.

L'EXO RIGOLO

6 Sonia a acheté le cahier Passeport « Mathématiques, de la 6e à la 5e ». Après l'avoir consulté, elle propose à Eva un petit tour de divination. Elle lui donne les instructions suivantes.

a Choisis un nombre *A* de trois chiffres différents.

A = ...

b Inverse l'ordre des chiffres pour obtenir le nombre *B*.
Par exemple, 135 donne 531.

B = ...

c Calcule la différence *C* entre le plus grand des nombres *A* et *B* et le plus petit.

C = ...

d Calcule *D* la somme des chiffres du nombre *C*.

D = ...

e Ouvre cet ouvrage à la page *D*. Dans l'exercice dont le numéro est le chiffre des dizaines de *D*, compte les mots jusqu'au chiffre des unités de *D*. Écris ce mot.

....

Sonia dit à Eva : « Le mot mystérieux est **de**. » Surprenant, non ?

L'EXO MÉMO

7 Complète les pyramides. La valeur d'une brique est la somme des deux briques situées au-dessous d'elle.

Pyramide 1 :
233
... | ...
34 | 65 | ...
11 | 23 | 42 | 27

Pyramide 2 :
175
... | 34
... | 21 | ...
... | ... | 8 | ...

Une randonnée

À la chasse !

1 Sonia et Enzo sont partis à la chasse au trésor ! Munis d'une carte et d'une boussole, ils doivent retrouver les trésors que Paul a cachés dans la forêt. La figure ci-contre représente une rose des vents. On y trouve les principales directions indiquées par une boussole.

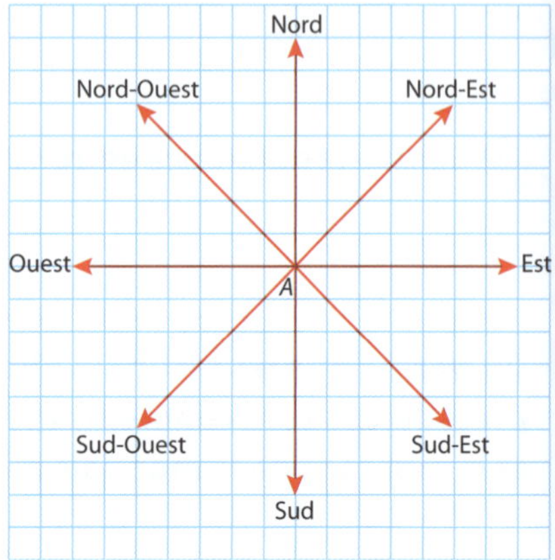

a Les huit angles ont tous la même mesure.

• **Calcule la mesure de chacun de ces angles.**

....

....

• **Quelle est la nature de chacun de ces huit angles ?**

....

b Sonia et Enzo se situent en *A* et regardent dans la direction du sud-est. Ils décident de tourner vers leur droite d'un angle de 135°.

• **Quelle est la nature de cet angle ?**

....

• **Dans quelle direction regardent-ils alors ?**

....

2 **a** • **Trace un segment vertical [*TN*] de longueur 3 cm.**

× *T*

• **Trace un angle $\widehat{TNx}$ de mesure 20°.**

• **Trace un angle $\widehat{NTy}$ de mesure 70°.**

b [*Nx*) et [*Ty*) se coupent en *O*.

• **Combien mesure l'angle $\widehat{TON}$?**

....

• **Quelle est la nature du triangle *TON* ?**

....

RAPPEL DE COURS

Rappels sur les angles

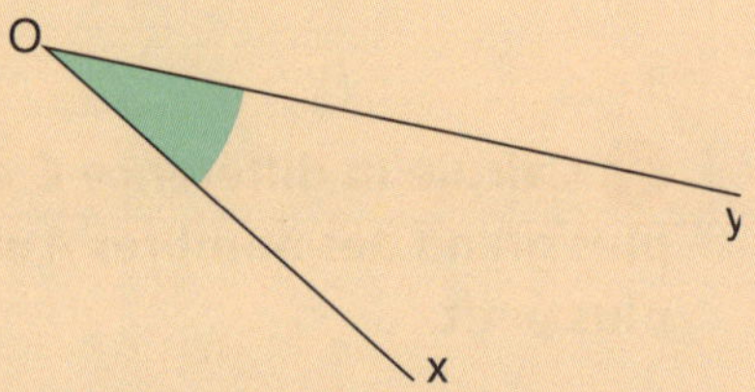

Les demi-droites [*Ox*) et [*Oy*) sont les **côtés** de l'angle.
Le point *O* est le **sommet** de l'angle.
Cet angle se note $\widehat{xOy}$ et $\widehat{yOx}$.

mesure de l'angle	nature de l'angle
moins de 90°	aigu
90°	**droit**
entre 90° et 180°	obtus
180°	plat

Construction et mesure d'un angle

Pour mesurer ou construire un angle, on utilise un **rapporteur**.

Ex. Pour construire un angle $\widehat{xAy}$ à partir d'une demi-droite [*Ax*), il faut :
– placer le centre du rapporteur sur le point *A* et aligner la graduation 0 sur [*Ax*) ;
– repérer à partir du zéro la graduation de la mesure de l'angle et faire une marque ;
– tracer la demi-droite [*Ay*) qui passe par la marque ;
– ici, $\widehat{xAy} = 70°$.

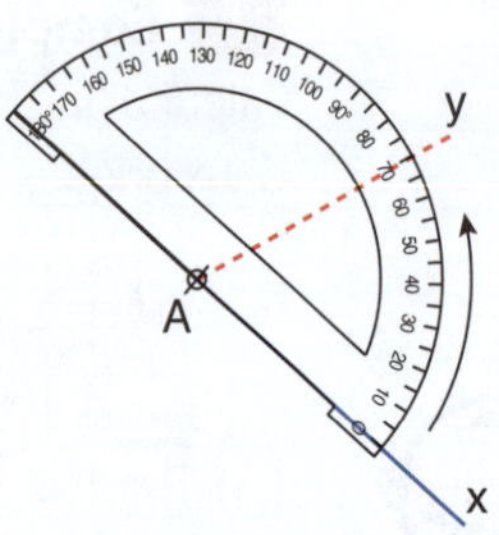

à la boussole

3

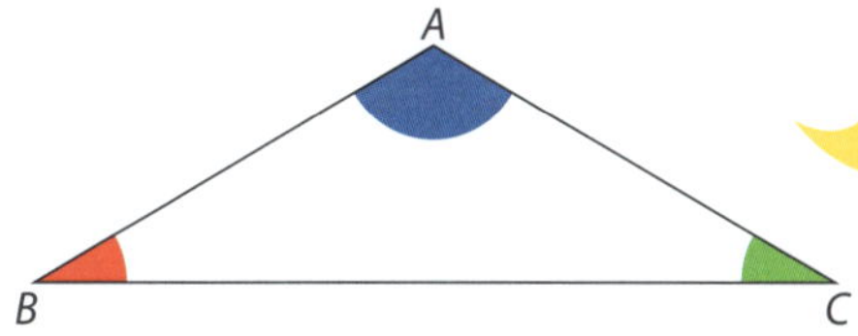

Utilise un rapporteur.

a **Mesure les trois angles du triangle *ABC*.**

....

....

b **Vérifie que la somme de ces trois angles vaut 180°.**

....

c **Explique pourquoi le triangle *ABC* est isocèle en *A*.**

....

....

Ne pas perdre le nord...

4 Pour trouver le premier trésor T_1, Sonia et Enzo doivent parcourir à partir du point *A* : 200 m vers l'est, puis 300 m vers le nord et enfin 420 m vers le sud-ouest.

La diagonale d'un carreau fait 70 m et 420 = 6 × 70.

a **Représente sur la figure de l'exercice 1 le parcours** de Sonia et Enzo **en dessinant une flèche pour chacune des parties du parcours, puis place le point T_1.** On prend 2 carreaux pour 100 m.

• **Quelle instruction plus simple aurait permis à Sonia et Enzo de trouver directement le trésor à partir du point *A* ?**

....

....

b Les consignes données par Paul pour trouver le second trésor sont les suivantes : « En arrivant en T_1, tournez à votre gauche en faisant un angle de 90° et avancez de 280 m. Ensuite, tournez à votre droite de 135° et parcourez 100 m. En tournant alors de 45° vers votre droite, vous serez à 280 m du second trésor. »

• **Complète le parcours de Sonia et Enzo en dessinant une flèche pour chacune des parties du parcours, puis place le point T_2.**

• **Vérifie que T_1 est le milieu de [T_2A].**

Attention ! Ce sont Sonia et Enzo qui tournent de 90°, de 135° et de 45°.

L'EXO COSTAUD

5 Paul a acheté deux tartes de même diamètre. Il veut en partager une en dix parts égales et l'autre en six parts égales.

a **Représente ces deux tartes par deux cercles de même diamètre.**

b • **Combien mesure chacun des angles de la première tarte partagée en dix ?**

....

....

....

• **Dessine le partage de la première tarte en dix parts égales.**

c • **Combien mesure chacun des angles de la seconde tarte partagée en six ?**

....

....

....

• **Dessine le partage de la seconde tarte en six parts égales.**

d À leur retour de randonnée, Sonia mange trois parts de la première tarte et Enzo mange deux parts de la seconde.

Qui des deux a mangé le plus de tarte ?

....

....

....

Cartes

RAPPEL DE COURS

Médiatrice

Soit $[MM']$ un segment ; on appelle **médiatrice** de $[MM']$ la droite passant par le milieu de $[MM']$ et perpendiculaire à (MM').

Symétrique d'un point

Soit (d) une droite et M un point n'appartenant pas à (d). On appelle **symétrique de M par rapport à (d)**, le point M' tel que (d) soit la médiatrice de $[MM']$.

Ex. *Sur la figure, (d) est la médiatrice de $[MM']$ et M' est le symétrique de M par rapport à (d).*

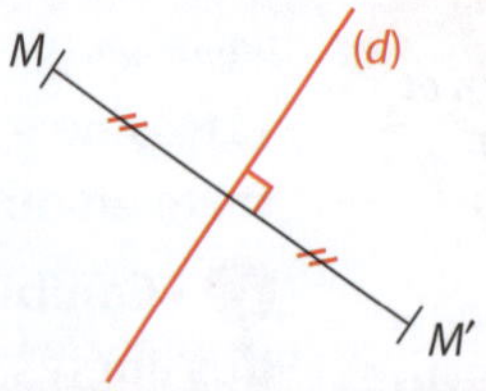

Propriétés

- Si un point est sur la médiatrice d'un segment, alors il *est équidistant des extrémités* du segment.
- Si un point est équidistant des extrémités d'un segment, alors il *appartient à la médiatrice* de ce segment.
- Si deux segments sont symétriques, alors ils ont la *même longueur*.
- Si deux angles sont symétriques, alors ils ont la *même mesure*.

Axe de symétrie

- On dit que (d) est un **axe de symétrie** d'une figure si cette figure est confondue avec son symétrique par rapport à la droite (d).

Ex.

(d) est l'axe de symétrie de la figure $ABCDE$.

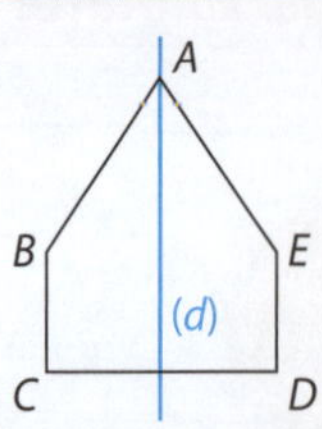

La Dame de fer !

1 Eva vient de recevoir deux cartes postales **de** son cousin Gaspard qui visite Paris et sa région. La première carte est une photo de la tour Eiffel. Eva s'en inspire pour réaliser un croquis simplifié de la tour.

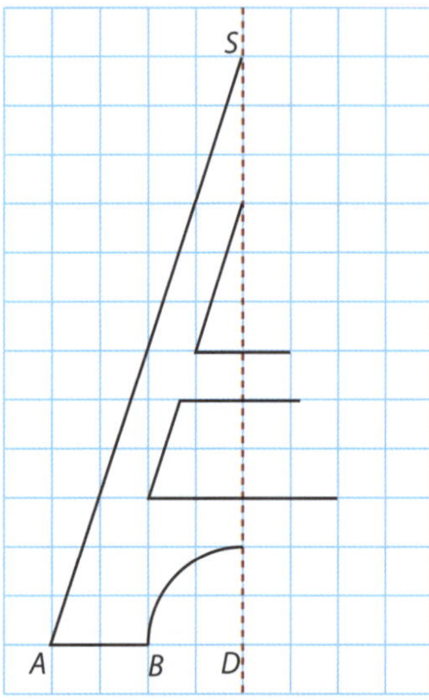

a • **À combien de carreaux de (SD) se situe le point B ?**

....

• **À combien de carreaux de (SD) se situe le point B' symétrique du point B par rapport à la droite (SD) ?**

Souviens-toi qu'avoir un symétrique, c'est avoir un milieu !

....

• **Place le point B'.**

• **Procède de la même manière pour placer le point A' symétrique du point A par rapport à la droite (SD).**

b **Quel est le symétrique du point S par rapport à la droite (SD) ?**

....

c **Termine ce dessin pour qu'il soit symétrique par rapport à la droite (SD).**

2 **Pour chacune des six figures, trace en vert son (ou ses) axe(s) de symétrie.**

Une des figures a trois axes de symétrie !

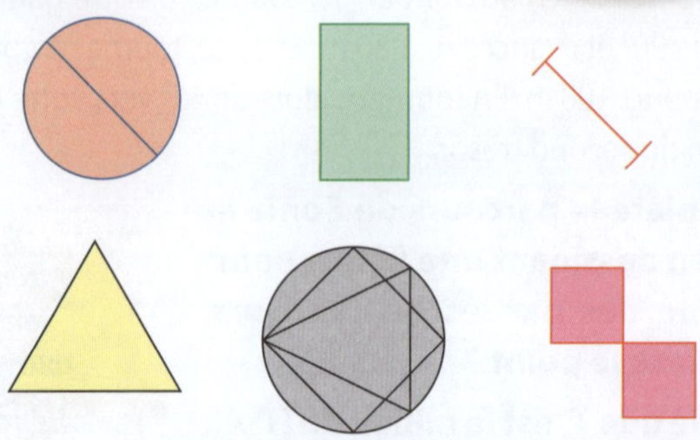

postales

3 **Construis les médiatrices de chaque segment [*MM*′] à l'aide d'une règle et d'une équerre.**

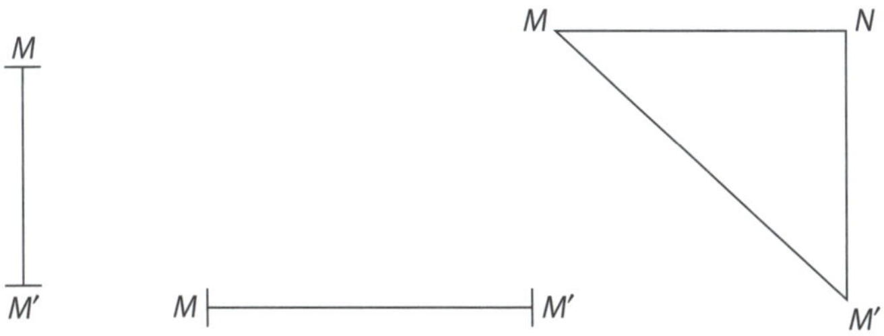

4 **Construis le symétrique du triangle *RST* par rapport à la droite (*d*) à l'aide des outils de géométrie.**

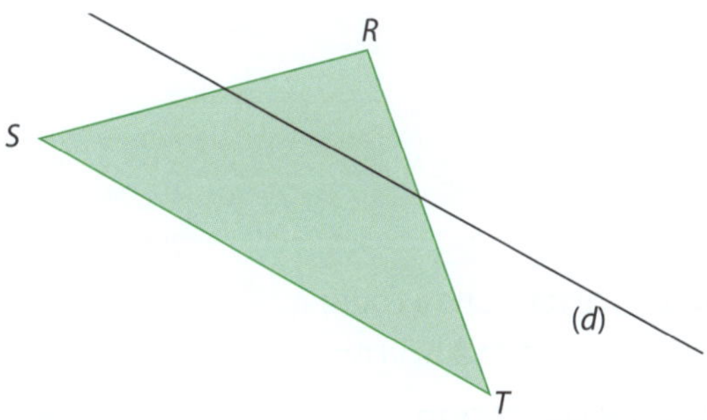

Le palais des glaces

5 Sur la seconde carte postale, Gaspard, le cousin d'Eva, a écrit : « Au château de Versailles, c'est magique : la Galerie des glaces transforme la droite en gauche et la gauche en droite. »

a **Complète la figure ci-dessous par symétrie par rapport à (*d*).**

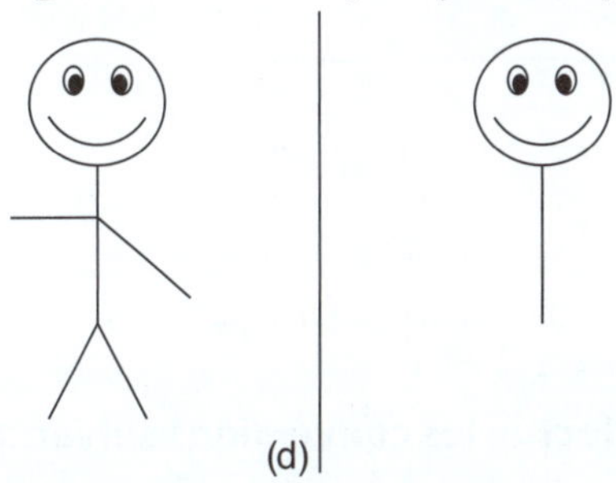

b **Que penses-tu de la déclaration de Gaspard ?**

....

....

L'EXO MÉMO

6 Soit (*d*) la médiatrice d'un segment [*AB*]. Le cercle (*C*) de centre *B* et de rayon *BA* coupe la droite (*d*) en *E* et en *F*.

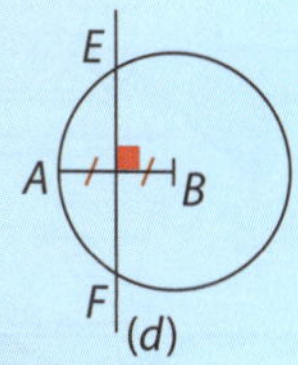

Complète la démonstration suivante pour prouver que *FAEB* est un losange.

• *E* et *F* sont sur le cercle de centre *B*,

donc on a ***BE* =** ....

• (*d*) étant la médiatrice de [*AB*],

les points *A* et *B* sont ....

....

E étant un point de (*d*), son symétrique par rapport à (*d*) est ....

[*BE*] et [......] sont symétriques par rapport à (*d*).

Si ....

....

alors ....

....

....

On a donc ***BE* =** ....

• De même, [*BF*] et [.........] sont symétriques par rapport à (*d*), donc on a ***BF* =** ....

• On a donc ***BE* =** .... = ... = ...

Par définition, le quadrilatère ***FAEB*** **est** ....

Une étape du

Vive les champions !

1 Enzo est un passionné de vélo. Avec ses amis, il profite du passage du tour de France dans la région pour aller admirer les champions. Au départ de l'étape d'aujourd'hui, le maillot jaune avait déjà cumulé un temps de parcours de 75 h 47 min 18 s.

a Le deuxième au classement avait 2 min 45 s de retard sur le maillot jaune.

Quel était le temps total du deuxième au départ de l'étape ?

Convertis les secondes en minutes et secondes.

```
  75 h 47 min 18 s
+       2 min 45 s
```

....

b Le maillot jaune a couru l'étape du jour en 4 h 38 min 6 s.

• **Quelle opération faut-il effectuer pour obtenir son temps total à l'issue de l'étape ?**

....

....

• **Quel est son temps total à l'issue de l'étape du jour ?**

....

....

....

....

2 **Effectue les conversions suivantes.**

• 3 h = 3 × .... = ... min.

• 480 s = ... × 60 s = ... min.

RAPPEL DE COURS

Unités

• L'unité de temps est la **seconde**, notée **s**.

• On utilise aussi la **minute**, notée **min** et l'**heure**, notée **h**.

• On a 1 min = 60 s et 1 h = 60 min.
On a aussi 1 h = 60 × 60 s = 3 600 s.

Addition de durées

• On additionne d'abord séparément les heures, les minutes et les secondes ; puis, si l'on obtient un résultat de plus de 60 minutes ou de plus de 60 secondes, on convertit.

Ex.
```
  3 h 47 min 17 s
+ 2 h 38 min 19 s
  5 h 85 min 36 s
```
or **85 min** = 1 h 25 min ;
la somme est de : **5 h 36 s** + 1 h 25 min, soit 6 h 25 min 36 s.

Soustraction de durées

• Pour soustraire, on doit parfois remplacer 1 heure par 60 minutes ou 1 minute par 60 secondes.

Ex. Pour effectuer
```
  3 h 45 min 6 s
– 2 h 18 min 11 s,
```
on fait :
```
  3 h 44 min 66 s
– 2 h 18 min 11 s
  1 h 26 min 55 s
```

Tour de France

• 45 min = ... = ... s.

• 4 h = ...

= .... s.

3 Complète les égalités suivantes.

• 5 h 20 min = 5 × .... + 20 min = ... min.

• 3 h 23 min 17 s = 3 × .... s + 23 × .... s + 17 s = ... s.

• 4 h 42 min 23 s = ... s.

L'âge du capitaine...

4 Enzo discute avec un coureur qui lui déclare : « Aujourd'hui, je fête ma milliardième seconde. Quel est mon âge ? »

a Calcule le nombre de secondes qu'il y a dans une journée.

....

....

• **Calcule le nombre de secondes qu'il y a dans une année de 365 jours.**

....

....

b Quel est l'âge du coureur ?

....

5 Au moment du départ, Enzo a regardé sa montre qui affichait 12:34. Enzo souhaiterait connaître les différentes heures où l'affichage de sa montre est composé de ces quatre chiffres : 1 ; 2 ; 3 et 4.

a Donne la liste des différentes heures qui répondent à cette question.

....

....

b Quel est l'écart maximal de temps entre deux de ces affichages qui se suivent ?

....

....

L'EXO MÉMO

6 L'étape du jour est partie à 12 h 34 min.
Le vainqueur de l'étape est arrivé à 17 h 11 min 34 s.

a • Quelle opération faut-il effectuer pour obtenir le temps mis par le vainqueur de l'étape ?

....

• **Pose cette opération et donne la durée de parcours du vainqueur de l'étape.**

....

• **Convertis cette durée en minute et seconde, puis en seconde.**

....

....

b Le maillot jaune a couru l'étape du jour en 4 h 38 min 6 s.

Pense à convertir une minute en secondes !

• **Combien de temps le vainqueur de l'étape a-t-il repris au maillot jaune ?**

....

....

....

• Au départ de l'étape, le vainqueur du jour avait un retard de 6 min 17 s sur le maillot jaune. **Qu'en est-il à l'arrivée de l'étape ?**

....

....

....

QUIZ BILAN

Pour chacun des 6 exercices d'une séquence, coche la bonne réponse. Après avoir consulté les corrigés, inscris ton score sur 6 dans la case prévue à cet effet. Si tu totalises moins de 4 points, nous te conseillons de revoir la leçon correspondante.

5. Addition - Soustraction (pp. 14-15)

1 Une différence est le résultat d'une :

☐ **a. addition**
☐ **b. soustraction**
☐ **c. multiplication**

2 Dans 12 + 45 + 67, les nombres 12 ; 45 et 67 sont les :

☐ **a. facteurs de l'opération**
☐ **b. membres de l'opération**
☐ **c. termes de l'opération**

3 Pour bien poser une addition, il faut :

☐ **a. aligner les chiffres de gauche**
☐ **b. aligner les virgules**
☐ **c. aligner les chiffres de droite**

4 Quelle longueur de fil électrique faut-il acheter pour fabriquer trois rallonges : l'une de 3,75 m, la deuxième de 4,30 m et la dernière de 2,50 m ?

☐ **a. 9,155 m**
☐ **b. 9,55 m**
☐ **c. 10,55 m**

5 Trouve sans calculatrice le résultat de 37,14 – 13,62.

☐ **a. 24,48**
☐ **b. 24,52**
☐ **c. 23,52**

6 Une opération dont le résultat est 73 peut être :

☐ **a. 37 + 45 – 9**
☐ **b. 36 + 37 + 10**
☐ **c. 153 – 45 – 45**

Total Addition – Soustraction .... /6

6. Angles (pp. 16-17)

1 Un angle qui mesure 143° est :

☐ **a. aigu** ☐ **b. droit** ☐ **c. obtus**

2 L'angle marqué en rouge se nomme :

☐ **a.** $\widehat{AOC}$
☐ **b.** $\widehat{BOC}$
☐ **c.** $\widehat{AOB}$

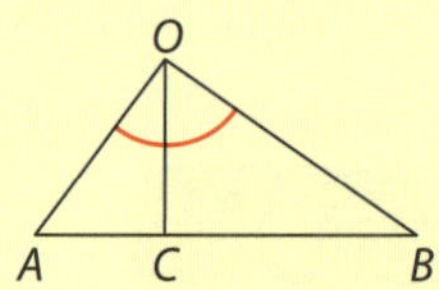

3 Sans utiliser de rapporteur, quelle est l'affirmation fausse ?

☐ **a.** $\widehat{xOy}$ **est aigu**
☐ **b.** $\widehat{yOx} = \widehat{xOy}$
☐ **c.** $\widehat{xOy}$ **mesure 120°**

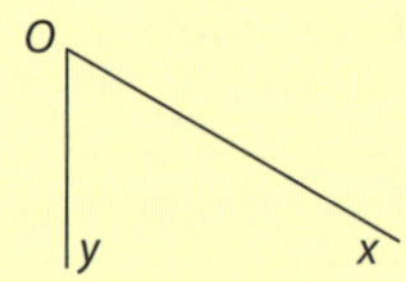

4 Un professeur demande de construire un angle de 67°. Quel est le bon dessin ?

☐ **a.**

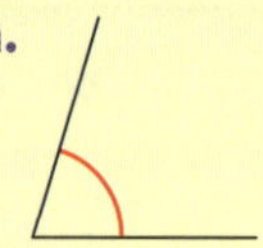

☐ **b.**

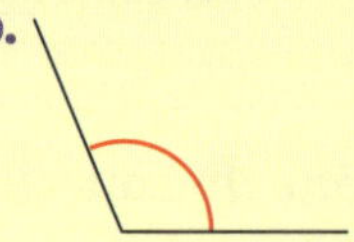

☐ **c.**

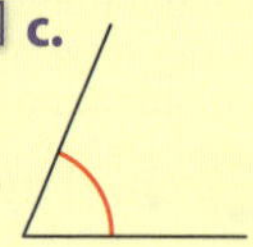

5 À la consigne « Dessine un triangle *ABC* rectangle en *A* », trois élèves ont fait les dessins suivants. Trouve le bon dessin .

☐ **a.**

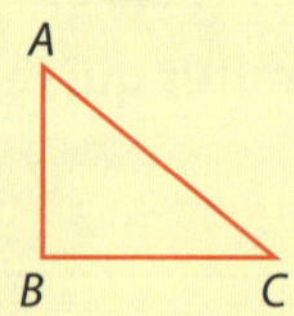

☐ **b.**

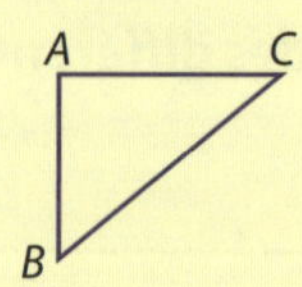

☐ **c.**

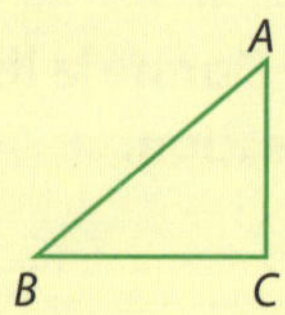

6 Quel est le seul triangle constructible ?

☐ **a. un triangle avec deux angles droits**
☐ **b. un triangle rectangle équilatéral**
☐ **c. un triangle rectangle isocèle**

Total Angles .... /6

7. Symétrie axiale (pp. 18-19)

1 Sur quelle figure, la droite (*d*) n'est-elle pas un axe de symétrie du segment [*AB*] ?

☐ a. ☐ b. ☐ c.

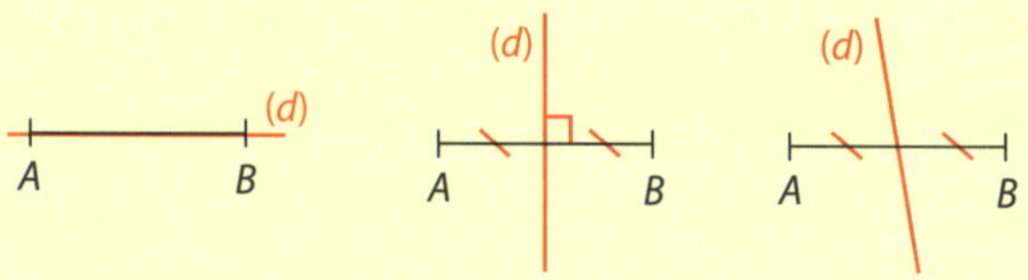

2 Parmi les figures de la question 1, sur laquelle la droite (*d*) est-elle la médiatrice du segment [*AB*] ?

☐ a. ☐ b. ☐ c.

3 Deux segments [*MP*] et [*OR*] sont symétriques par rapport à une droite. On peut affirmer que :

- ☐ **a. (*MP*) et (*OR*) sont parallèles**
- ☐ **b. (*MP*) et (*OR*) sont perpendiculaires**
- ☐ **c. *MP* = *OR***

4 Quels sont les points symétriques par rapport à (*d*) ?

- ☐ **a. *S* et *R***
- ☐ **b. *S* et *U***
- ☐ **c. *T* et *U***

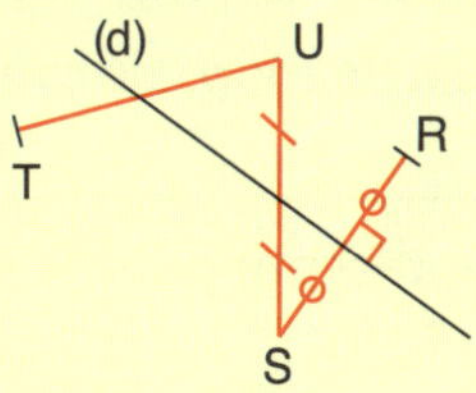

5 Un triangle possède au plus :

- ☐ **a. 1 axe de symétrie**
- ☐ **b. 2 axes de symétrie**
- ☐ **c. 3 axes de symétrie**

6 Soit *M* et *N* deux points de la médiatrice d'un segment [*AB*]. Alors, on a :

- ☐ **a. *AB* = *MN***
- ☐ **b. *AM* = *BN***
- ☐ **c. *AM* = *BM***

Total Symétrie axiale .... /6

8. Durée (pp. 20-21)

1 Une durée de 150 minutes, c'est aussi :

- ☐ **a. 1 h 50 min**
- ☐ **b. 2 h 30 min**
- ☐ **c. 2 h 50 min**

2 13 min 14 s correspondent à :

- ☐ **a. 1 314 s**
- ☐ **b. 780 s**
- ☐ **c. 794 s**

3 En commençant à 20 h 40, un film qui dure 1 h 30 se finit à :

- ☐ **a. 22 h 10**
- ☐ **b. 21 h 70**
- ☐ **c. 21 h 40**

4 La somme de 2 h 23 min 45 s et de 3 h 46 min 17 s vaut :

- ☐ **a. 5 h 10 min 2 s**
- ☐ **b. 6 h 9 min 2 s**
- ☐ **c. 6 h 10 min 2 s**

5 Le résultat correctement écrit de

  2 h 43 min
+ 5 h 58 min

est :

- ☐ **a. 7 h 111 min**
- ☐ **b. 8 h 11 min**
- ☐ **c. 8 h 41 min**

6 La bonne soustraction est :

☐ a.	☐ b.	☐ c.
45 min 37 s	45 min 37 s	45 min 37 s
– 17 min 50 s	– 17 min 50 s	– 17 min 50 s
28 min 13 s	27 min 87 s	27 min 47 s

Total Durée .... /6

À la

Bon anniversaire !

1 Ce midi, on fête l'anniversaire de Paul et ses amis l'ont invité à la pizzeria.

a Dans ce restaurant, on ne propose que de très grandes pizzas à partager. La première commandée fait 40 cm de diamètre.

• **Combien mesure un rayon de cette pizza ?**

....

• **Calcule la circonférence de cette pizza. Arrondis le résultat à 0,1 cm près.**

Tu trouves la valeur de « pi » sur ta calculatrice en tapant « π ».

....

b On partage maintenant la pizza en quatre parts égales.

• **Combien de coups de couteau faut-il au minimum ?**

....

• **Que représente pour le cercle chacun des traits de couteau ?**

....

• **Que représente pour le cercle l'intersection *O* des traits de couteau ?**

....

• **À quelle distance des points *A* et *B* le point *O* se situe-t-il ?**

....

• **Construis au compas le point *O* et dessine un partage de cette pizza en quatre parts égales sur le cercle ci-contre de diamètre 4 cm.**

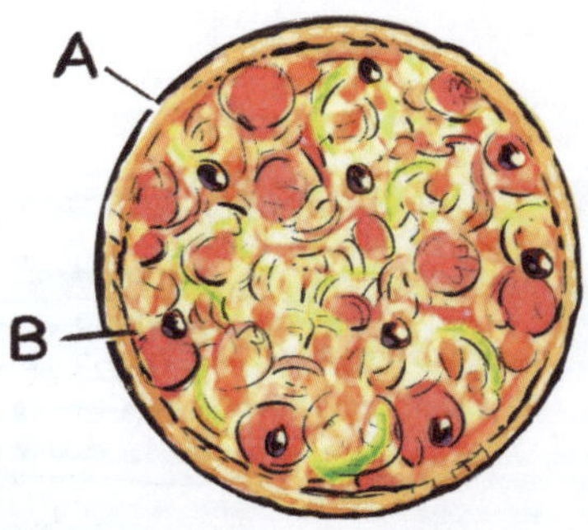

2 Le contour du motif de la page suivante est composé d'arcs de cercle qui ont tous 2 cm pour rayon.

a • **Quel est le périmètre d'un cercle de rayon 2 cm ?**

....

RAPPEL DE COURS

Définition d'un cercle

• Soit *O* un point et *r* un nombre strictement positif. L'ensemble des points *M* tels que $OM = r$ est un **cercle**.
• Le point *O* est le **centre du cercle**.
• *r* est le **rayon du cercle**.

Vocabulaire

• Le **diamètre** *d* d'un cercle est le double de son rayon *r* : $d = 2 \times r$.
• Un segment joignant le centre du cercle à un point du cercle est un **rayon du cercle**.
• Un segment joignant deux points du cercle est une **corde du cercle**.
• Une corde d'un cercle qui passe par son centre est un **diamètre du cercle**.

Ex.

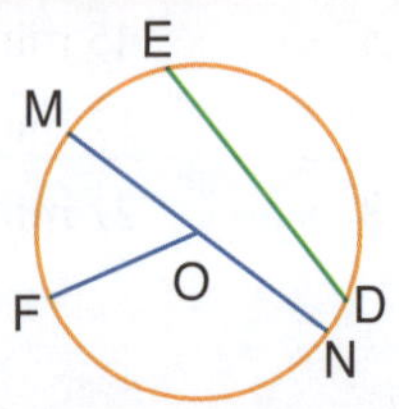

[*OF*] est un rayon du cercle de centre *O*. [*ED*] et [*MN*] sont deux cordes de ce cercle. [*MN*] est aussi un diamètre du cercle.

Périmètre d'un cercle

• Le **périmètre** (ou **circonférence**) **d'un cercle** de rayon *r* est $2 \times \text{pi} \times r$, avec $\text{pi} \approx 3,141\,59$.
pi se note avec la lettre grecque π.

Ex. Le périmètre d'un cercle de rayon 5 cm est $2 \times \pi \times 5$ cm, soit 10π cm ou environ 31,4 cm.

1. Proportionnalité pages 4-5

1 **a** On a 4 entrées pour 6,80 euros.
On fait 6,80 ÷ 4 = 1,70.
Le prix d'une entrée est de 1,70 euro.

b

nombre d'entrées	4	1	8	20	5
prix en euros	6,80	**1,70**	**13,60**	**34**	**8,50**

On utilise l'image de l'unité (ici, 1,70) pour calculer les prix correspondant à 8, à 20 ou à 5 entrées.

c Le nombre total d'entrées est 5 × 4, soit 20.
Pour cinq jours, les quatre amis vont dépenser 34 euros.

Ne pas prendre la valeur correspondant au 5 dans le tableau, mais celle correspondant au 20.

2 **a** $23\ \% = \frac{23}{100} = \mathbf{0{,}23}$; $47\ \% = \frac{47}{100} = \mathbf{0{,}47}$;
$3\ \% = \frac{3}{100} = \mathbf{0{,}03}$; $100\ \% = \frac{100}{100} = \mathbf{1}$.

b $0{,}06 = \frac{6}{100} = \mathbf{6}\ \%$; $1{,}32 = \frac{132}{100} = \mathbf{132}\ \%$;
$0{,}37 = \frac{37}{100} = \mathbf{37}\ \%$ et $0{,}355 = \frac{35{,}5}{100} = \mathbf{35{,}5}\ \%$.

3 **a** 25 % de 400, c'est $\frac{25}{100} \times 400$, soit 100.
Il y a **100 grammes de farine de blé**.
20 % de 400, c'est $\frac{20}{100} \times 400$, soit 80.
Il y a **80 grammes de chocolat**.
15 % de 400, c'est $\frac{15}{100} \times 400$, soit 60.
Il y a **60 grammes de sucre**.
b 400 – 100 – 80 – 60 = 160. **La masse des autres ingrédients est de 160 grammes.**

4

(× 10)

x	6,5	**65**
y	4,25	**42,5**

(× 4)

x	6	24
y	3,5	**14**

5

(× 10)

nombre d'entrées	4	40
prix en euros	6,80	**68**

Le prix de 40 entrées est 68 euros.

6

	recette	gâteau
farine en grammes	250	125
sucre en grammes	150	**75**

Sonia doit mettre 75 grammes de sucre.

7 **a** 30 % de 6,80, c'est $\frac{30}{100} \times 6{,}80$, soit 2,04.
Le montant de la réduction est de 2,04 euros.

b 6,80 – 2,04 = 4,76.
Ils doivent payer 4,76 euros.

8 **a** Calculer 10 % d'une quantité, c'est diviser cette quantité par **10**.
b Calculer 20 % d'une quantité, c'est diviser cette quantité par **5**.
c Calculer 25 % d'une quantité, c'est diviser cette quantité par **4**.
d Calculer 50 % d'une quantité, c'est diviser cette quantité par **2**.
e Calculer 2 % d'une quantité, c'est diviser cette quantité par **50**.

Les nombres entiers sont les dénominateurs des fractions simplifiées correspondant aux pourcentages.
Par exemple, pour 20 % : $\frac{20}{100} = \frac{20 \times 1}{20 \times 5} = \frac{1}{5}$.

2. Éléments de géométrie pages 6-7

1

Le segment s'arrête à Paris et à Bordeaux.
Les droites ne s'arrêtent ni à Paris, ni à Strasbourg, ni à Nantes, ni à Marseille.

2

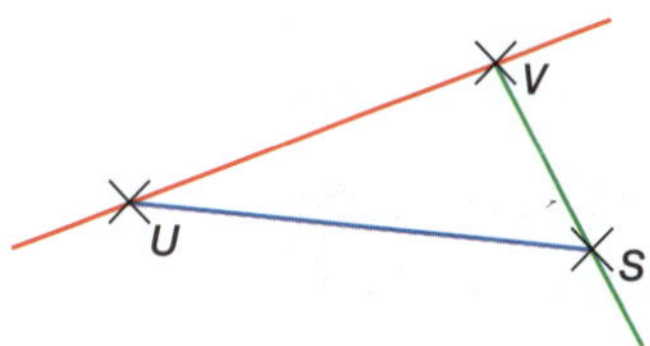

3

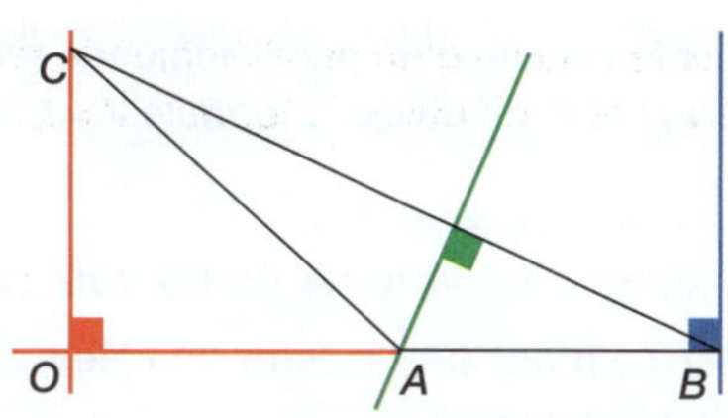

4 **a**

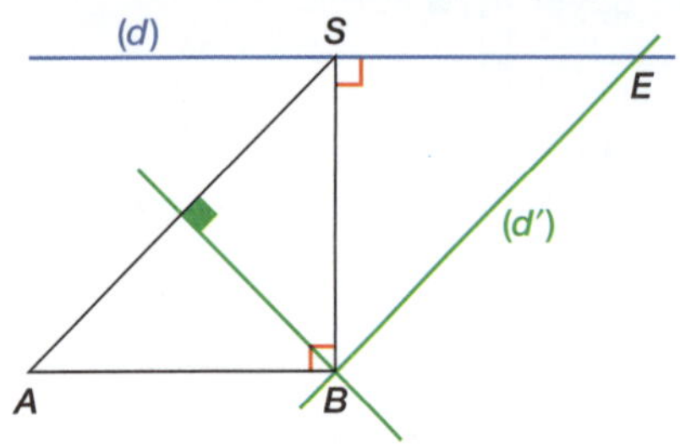

Pour tracer la droite parallèle à (AS) passant par B, on commence par tracer la droite perpendiculaire à (AS) qui passe par B, puis la perpendiculaire à cette dernière en B.

b On vérifie que $[AB]$ et $[SE]$ ont la même longueur.

c ***BASE* est un parallélogramme.**

5 On sait que (d_1) et (d_3) sont **perpendiculaires** et que (d_2) et (d_3) sont perpendiculaires.
Si deux droites sont perpendiculaires **à une même troisième droite,**
alors elles sont **parallèles entre elles.**
On a donc $(\boldsymbol{d_1})$ et $(\boldsymbol{d_2})$ parallèles.

6 **a** On trace la droite qui passe par Bourges et qui est perpendiculaire à la droite Nantes-Marseille, puis la droite qui passe par I et qui est perpendiculaire à cette nouvelle droite.

b

c Le lieu des vacances est proche de la mer. **Eva sera donc plus satisfaite qu'Enzo !**

3. Volumes pages 8-9

1 **a** On a : $80 \times 30 \times 25 = 60\,000$.
La valise de Paul a un volume de 60 000 cm³.

Pour calculer le volume d'un parallélépipède rectangle de dimensions L, l et h, on utilise la formule $V = L \times l \times h$.

b On a : $75 \times 40 \times 20 = 60\,000$.
La valise d'Enzo a un volume de 60 000 cm³.

c **Paul et Enzo n'ont pas raison de râler,** car les deux valises ont le même volume.

2 **a** • 2,3 cm³ = 2,3 × **1 000** mm³ = **2 300** mm³.
• 0,62 dm³ = 0,62 × 1 000 **cm³** = **620** cm³.
• 67 m³ = **67** × **1 000** dm³ = **67 000** dm³.
• 0,014 m³ = **14** dm³ = **14 000** cm³.

b • 127 dm³ = 127 ÷ **1 000** m³ = **0,127** m³.
• 1 650 cm³ = 1 650 ÷ 1 000 **dm³** = **1,65** dm³.
• 973 mm³ = **973** ÷ 1 000 cm³ = **0,973** cm³.
• 7 200 mm³ = **7,2** cm³ = **0,007 2** dm³.

3 • 5,6 cm³ = **5 600** mm³.
• 37 500 cm³ = **37,5** dm³.
• 2 800 cL = **0,28** hL.
• 23,9 dL = **0,239** daL.
• 1 743 mm³ = 1,743 **cm³** ou 1,743 **mL**.
• 2,95 hL = **295** dm³.

Pour placer un nombre dans le tableau de conversion, on commence par positionner la virgule à droite de la colonne correspondant à l'unité de départ, puis les chiffres par rapport à la virgule.
Pour convertir, on change de place la virgule **en complétant éventuellement avec des zéros.**

m³			dm³			cm³			mm³		
			hL	daL	L	dL	cL	mL			
								5,	6	0	0
				3	7	5	0	0,			
			0,	2	8	0	0,				
				0,	2	3,	9				
								1	7	4	3,
			2,	9	5						

4 Soit h la hauteur : on veut $40 \times 20 \times h = 3\,600$.
On a $800\,h = 3\,600$, soit $h = 3\,600 \div 800$.
La hauteur du parallélépipède rectangle est 4,5 cm.

Pour calculer la hauteur d'un parallélépipède rectangle de dimensions L, l et h, on utilise la formule $V = L \times l \times h$ et on pose une équation qu'on résout.

5 **a** **Un cube possède 12 arêtes.**

b On a 240 cm = 24 dm et 24 ÷ 12 = 2.
Chaque arête mesure 2 dm.

c Le volume du récipient est 2 × 2 × 2, soit 8 dm³ ou 8 L.
On peut y mettre 5 litres d'eau.

6 **a** 8 × 3 × 1,8 = 43,2. **Le volume du sas est de 43,2 m³.**

b 43,2 m³ = 43 200 dm³, ce qui correspond à 43 200 L. **Il faut 43 200 litres pour remplir le sas.**

7 **a** 480 litres correspondent à 480 dm³, soit à 480 000 cm³. **Le volume du coffre est de 480 dm³ ou 480 000 cm³.**

b Le volume de la valise de Paul est de 60 000 cm³ et on a 480 000 ÷ 60 000 = 8.
On peut mettre 8 valises comme celle de Paul dans le coffre.

4. Entiers - Décimaux pages 10-11

1 **a** Dans l'ordre croissant, on a :
60 < **160** < **302** < **384** < **456.**

b **Chalon-sur-Saône se situe à 330 km de Paris.**

c

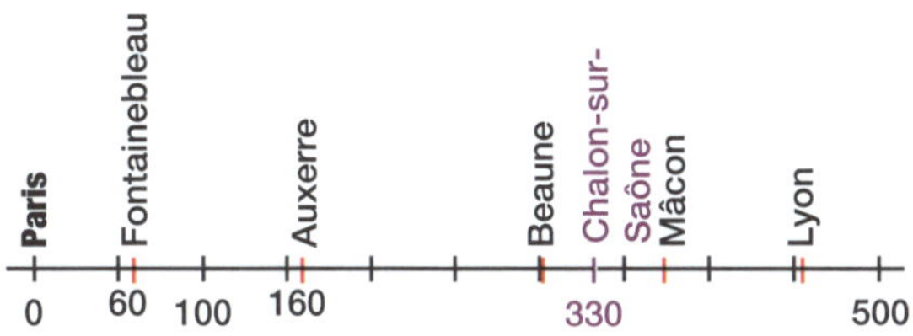

2 • 42 < 71. • 57 > 51.
• 27,35 > 25,6. • 32,5 < 32,7.
• 7,67 < 7,8. • 67,3 > 67,28.
• 3,141 5 = 3,141 50. • 1,834 < 1,834 2.

Pour comparer des nombres décimaux, on compare les parties entières, puis les parties décimales chiffre par chiffre (dixième, centième).

3 **a** • Une graduation vaut **0,5** unité.
• L'abscisse de *A* est **7**.
• L'abscisse de *B* est **8**.
• L'abscisse de *C* est **9,5**.

b • Une graduation vaut **2** unités.
• L'abscisse de *D* est **3**.
• L'abscisse de *E* est **13**.
• L'abscisse de *F* est **8**.

4 • $a = 527 + \frac{47}{100}$ = **527,47**.

• $b = 193 + \frac{5}{10} + \frac{2}{1\,000}$ = **193,502**.

• $c = 37 + \frac{13}{10}$ = **38,3**.

La fraction $\frac{13}{10}$ représente 1 unité et 3 dixièmes.

5 **a** Dans l'ordre décroissant, on a :
12,30 > 11,80 > 11,75 > 11,40.

b Pour Enzo, on a : **11 < 11,80 < 12**.
Pour Eva, on a : **12 < 12,30 < 13**.

6 **a**

		①	D	I	X	I	E	M	E	S	
		②	E	N	T	I	E	R	E		
		③	C	E	N	T	I	E	M	E	S
④	U	N	I	T	E	S					
		⑤	M	I	L	L	I	E	R	S	
D	I	Z	A	I	N	E	⑥				
M	I	L	L	I	E	M	E	⑦			
	⑧	C	E	N	T	A	I	N	E		

b Le mot mystère est **décimale**.

QUIZ BILAN pages 12-13

1. Proportionnalité

1 **Réponse c.** Une minute, c'est 60 secondes et 330 m × 60 = 19 800 m = 19,8 km.

2 **Réponse a.** 6,5 est la moitié de 13, donc *x* est la moitié de 14, soit 7.

3 **Réponse b.** $0{,}015 = \frac{1{,}5}{100}$, soit 1,5 %.

4 **Réponse b.** 35 % de 48, c'est $\frac{35}{100} \times 48$, soit 16,8.

5 **Réponse a.** On peut multiplier par 3, car 2,5 × 3 = 7,5 et 4 × 3 = 12.

6 **Réponse b.** La remise est de $\frac{20}{100} \times 15$, soit de 3 et 15 – 3 = 12. Il reste 12 euros à payer.

2. Éléments de géométrie

1 **Réponse a.** Le dessin du **b.** est une demi-droite et celui du **c.** est une droite.

2 **Réponse c.** Si *A* est sur [*BC*], alors *B* n'est pas sur [*AC*], mais à l'extérieur de [*AC*] du côté de *A*.

3 **Réponse b.** La droite perpendiculaire à (*D*) est (*BE*).

4 **Réponse c.** La droite parallèle à (*D*) est (*FE*).

5 **Réponse a.** On a :

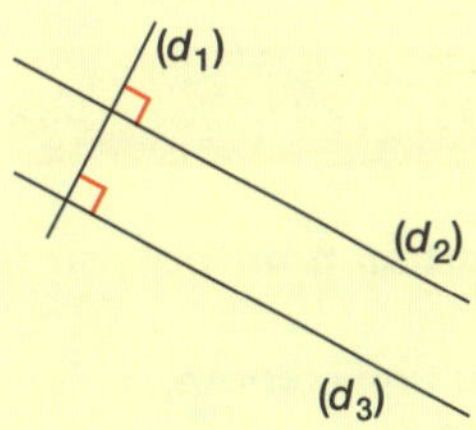

6 **Réponse a.** On a :

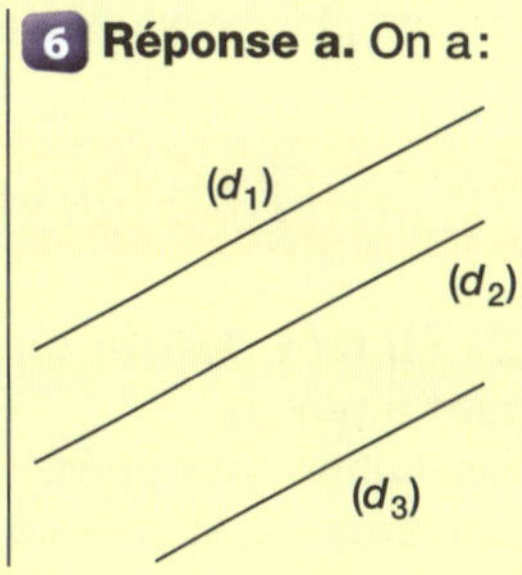

3. Volumes

1 **Réponse c.** Le volume d'un parallélépipède rectangle est le produit de ses trois dimensions.
Pour le **a.**, le volume, en cm³, est 8 × 8 × 8, soit 512.
Pour le **b.**, c'est 12 × 2 × 2, soit 48 et pour le **c.**, c'est 2 × 3 × 4, soit 24.

2 **Réponse b.** 170 dm³, ce sont 170 000 cm³ et non 17 000 et ce sont aussi 170 ÷ 1 000 m³, soit 0,17 m³ et non 1,7 m³.

3 **Réponse a.** Revoir le cours.

4 **Réponse b.** 237 cL = 2,37 L = 2,37 dm³.

5 **Réponse b.** On a 25 000 mm³ = 25 cm³ et 2,8 cL = 28 cm³. Le plus grand volume est 28 cm³, soit 2,8 cL.

Pour comparer des volumes, on commence par les exprimer dans une même unité.

6 **Réponse b.** On a 0,2 dm = 2 cm et le volume est 6 cm × 4 cm × 2 cm, soit 48 cm³.

Les dimensions données ne sont pas dans la même unité : on ne peut pas les multiplier. Il faut d'abord convertir pour avoir des unités homogènes.

4. Entiers – Décimaux

1 **Réponse b.** Le chiffre des centièmes est le deuxième chiffre après la virgule, soit le 6.

2 **Réponse c.** On veut un nombre formé de 4 centaines, 5 unités, 3 dixièmes et 2 millièmes : c'est 405,302.

3 Réponse c. Pour aller de 23 à 25, il y a un écart de 2 unités pour 5 graduations, donc chaque graduation correspond à 2 ÷ 5 unités, soit 0,4 unité.
L'abscisse de *M* est 23 + 0,4 × 2 soit 23,8.

4 Réponse a. Pour aller de 1 à 11, il y a un écart de 10 unités pour 5 graduations, donc chaque graduation correspond à 10 ÷ 5 unités, soit 2 unités.
Comme 5 = 1 + 2 × 2, le point d'abscisse 5 est le deuxième point à droite du point d'abscisse 1 : c'est le point *A*.

5 Réponse a. L'erreur est « 7,5 < 7,45 » car il y a le même nombre d'unités (7) et, pour le chiffre des dixièmes, on a 5 > 4.

Il faut comparer les parties entières, puis les parties décimales chiffre par chiffre et non globalement.

6 Réponse c. À la réponse **a.**, on a un classement dans l'ordre croissant, alors qu'on demande un ordre décroissant. À la réponse **b.**, le « 3,1 » n'est pas correctement placé (voir remarque ci-dessus).

5. Addition - Soustraction pages 14-15

1 a • Il faut réaliser une addition pour obtenir le montant à payer.
• Le résultat de cette opération est une **somme**.
Les nombres 77,35 ; 11,60 et 20,40 représentent les **termes** de cette opération.

•
```
   77,35
 + 11,60
 + 20,40
 -------
  109,35
```

Le montant à payer est de 109,35 euros.

b • Il faut réaliser une soustraction pour obtenir le montant à rendre.
• Le résultat de cette opération est une **différence**.
Les nombres 120 et 109,35 représentent les **termes** de cette opération.

2 a Un ordre de grandeur de 77,35 est **80**, pour 11,60, c'est **10** et pour 20,40, c'est **20**.

b 80 + 10 + 20 = 110 : **un ordre de grandeur de la somme** des nombres 77,35 ; 11,60 et 20,40 **est 110.**

c La différence entre 120 et le résultat de la question b est 10.

d L'ordre de grandeur 110 obtenu à la question **b est cohérent avec le total à payer 109,35 euros** et la **différence 10** obtenue à la question **c est un ordre de grandeur du montant à rendre de 10,65 euros.**

3

```
   23,44        17,49
 + 39,5       - 11,5
 ------       ------
   62,94         5,99

    6,34         5,1
 + 13          - 2,34
 +  9,6        ------
 ------          2,76
   28,94
```

Attention à bien aligner les virgules pour poser une addition ou une soustraction !

4 53,70 + 10 = 63,70 : Enzo possède 63,70 euros.
63,70 – 25 = 38,70 : **Sonia possède 38,70 euros.**

5 • 17 + **23** = 40.
• 34 – **11** = 23.
• 6,5 + **4,7** = 11,2.
• 9,4 – **4,9** = 4,5.
• **4** + 16 = 20.
• **72** – 25 = 47.
• **3,77** + 1,43 = 5,2.
• 11 – **7,35** = 3,65.

6 Prenons un exemple.
a *A* = 135.
b *B* = 531.
c *C* = 531 – 135 = 396.
d *D* = 3 + 9 + 6 = 18.
e À la page 18, dans l'exercice 1, le huitième mot est **de**.

Le nombre à trois chiffres distincts n'a pas d'incidence sur le résultat final, car l'on obtient pour *C* un multiple de 99. Les multiples possibles de 99 sont 99, 198, 297, 396, 495, 594, 693, 792 et 891. Pour ces huit multiples, le nombre *D* vaut toujours 18.

7

```
         233
      99    134
   34    65    69
11    23    42    27
```

```
         175
     141     34
  120    21     13
107   13     8     5
```

6. Angles pages 16-17

1 a • Chacun des huit angles mesure 360° ÷ 8, soit **45°**.
• **Tous ces angles sont aigus.**

b • Un angle de 135° est **obtus**.
• En tournant de 135°, **Sonia et Enzo regardent dans la direction de l'ouest.**

Un angle aigu mesure entre 0° et 90° et un angle obtus mesure entre 90° et 180°.

2 a

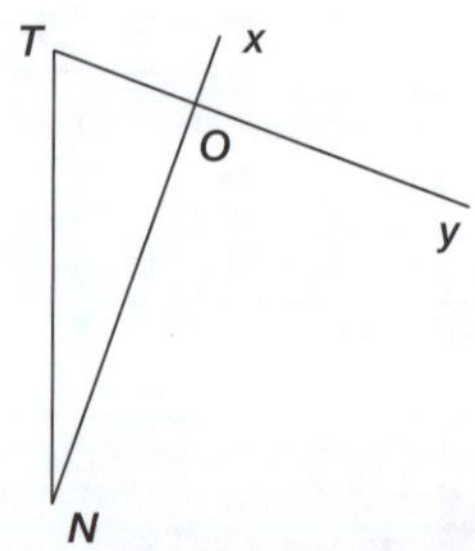

b • L'angle $\widehat{TON}$ mesure 90°.
• Le triangle *TON* est rectangle en *O*.

3 a On a : $\widehat{BAC}$ **= 120°**, $\widehat{ABC}$ **= 30°** et $\widehat{ACB}$ **= 30°**.
b On a : 120° + 30° + 30° = **180°**.
c On a $\widehat{ACB} = \widehat{ABC}$, donc le **triangle *ABC* est isocèle en *A*.**

Un triangle possédant deux angles de même mesure est isocèle au troisième sommet.

4 **a** • Voir les flèches en bleu sur le schéma.

• **L'instruction « faire 100 m vers l'ouest » conduit de A à T_1.**

b • Voir les flèches en vert sur le schéma.

• **T_1 est bien le milieu de $[T_2A]$.**

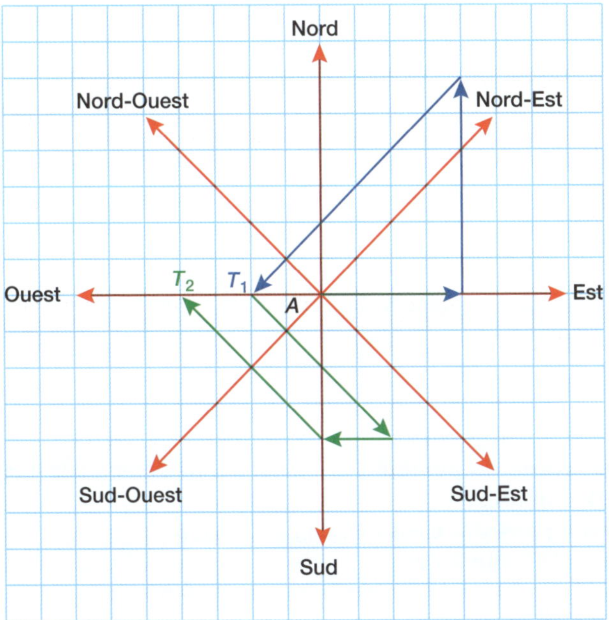

5 **a**

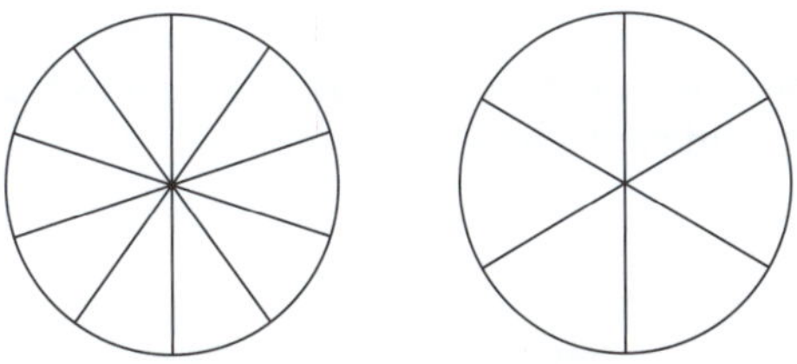

b • **Chaque angle mesure** 360° ÷ 10, soit **36°**.

• Voir figure ci-dessus.

Un angle plein correspondant à un cercle complet mesure 360°.

c • **Chaque angle mesure** 360° ÷ 6, soit **60°**.

• Voir figure ci-dessus.

d On a 36 × 3 = 108 pour Sonia et 60 × 2 = 120 pour Enzo.

Enzo mange plus de tarte que Sonia.

7. Symétrie axiale pages 18-19

1 **a** • **Le point B se situe à 2 carreaux de (SD).**

• Le point B' se situe aussi à **2 carreaux de** (SD) : voir graphique.

• Le point A se situe à 4 carreaux de (SD), donc son symétrique A' se situe aussi à 4 carreaux de (SD).

b **Le symétrique de S par rapport à (SD) est S.**

c

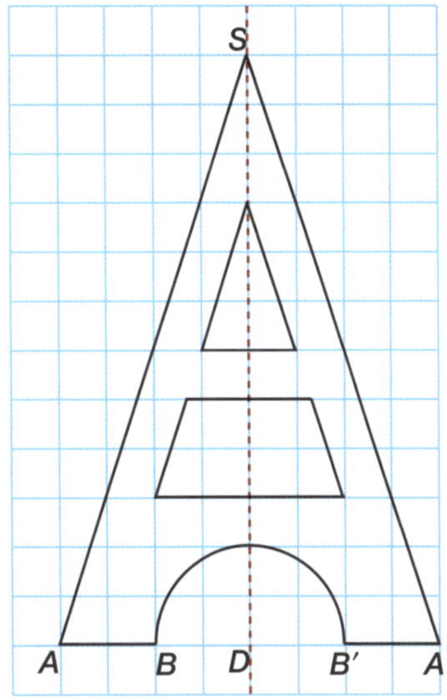

Dans une symétrie axiale, les distances sont conservées.

2

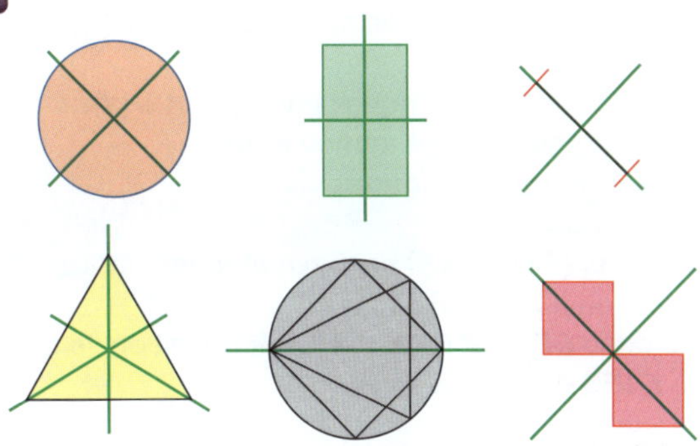

3

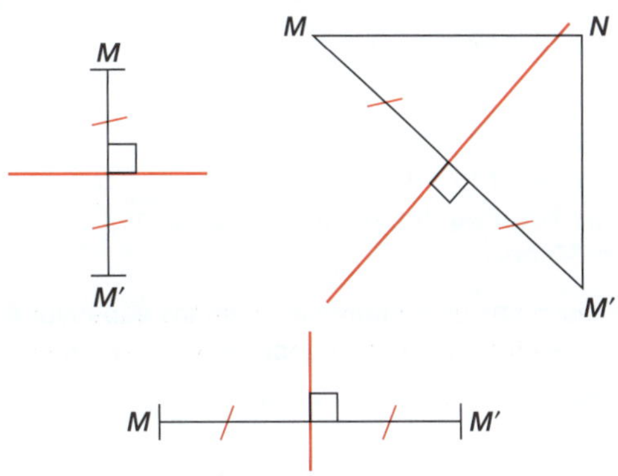

4

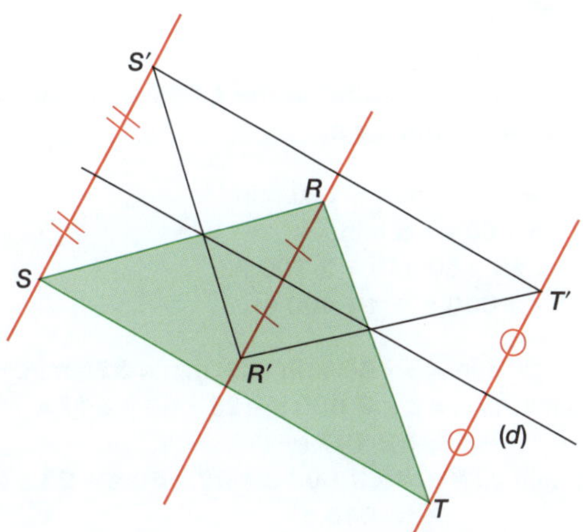

Pour construire la symétrique de *S* par rapport à (*d*), on trace la droite qui passe par *S* et qui est perpendiculaire à (*d*) en un point *A*. On place ensuite *S′* sur (*AS*) tel que *A* soit le milieu de [*SS′*].

5 **a**

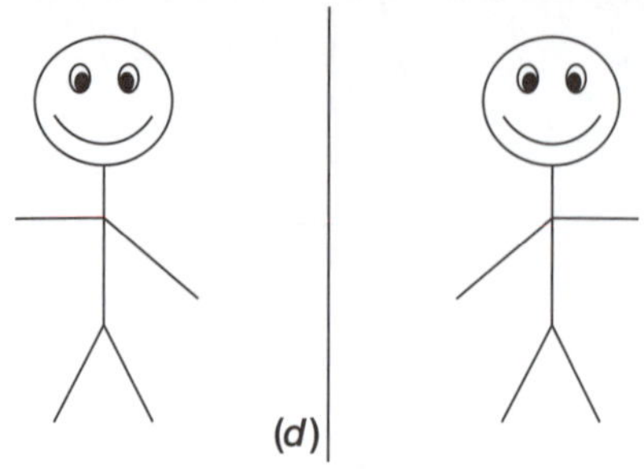

b Sur le dessin de gauche, le petit bonhomme lève le bras à ta gauche, alors que son symétrique lève son bras à ta droite. **La déclaration de Gaspard est juste.**

6 • *E* et *F* sont sur le cercle de centre *B*, donc on a ***BE* = *BF***.
• (*d*) étant la médiatrice de [*AB*], les points *A* et *B* **sont symétriques par rapport à (*d*)**.
E étant un point de (*d*), son symétrique par rapport à (*d*) est ***E***.
[*BE*] et [***AE***] sont symétriques par rapport à (*d*).
Si **deux segments sont symétriques,**
alors **ils ont la même longueur.**
On a donc ***BE* = *AE***.
• De même, [*BF*] et [***AF***] sont symétriques par rapport à (*d*), donc on a ***BF* = *AF***.
• On a donc ***BE* = *BF* = *AE* = *AF***. Par définition, le quadrilatère ***FAEB* est un losange.**

8. Durée pages 20-21

1 **a**

    75 h 47 min 18 s
  +   2 min 45 s
  ---
    75 h 49 min 63 s

Or, on a 63 s = 1 min 3 s.
Le temps total du deuxième au départ de l'étape **était de 75 h 50 min 3 s.**

On ne laisse pas un nombre de secondes supérieur à 60. On a 63 s = 60 s + 3 s et on remplace 60 s par 1 min.

b • C'est 75 h 47 min 18 s + 4 h 38 min 6 s.
•

    75 h 47 min 18 s
  + 4 h 38 min 6 s
  ---
    79 h 85 min 24 s

Or, on a 85 min = 1 h 25 min.
Le temps total du maillot jaune à l'issue de l'étape du jour est **80 h 25 min 24 s.**

2 • 3 h = 3 × **60 min** = **180** min.
• 480 s = **8** × 60 s = **8** min.
• 45 min = **45** × **60 min** = **2 700** s.
• 4 h = **4** × **3 600 s** = **14 400** s.

3 • 5 h 20 min = 5 × **60 min** + 20 min = **320** min.
• 3 h 23 min 17 s = 3 × **3 600** s + 23 × **60** s + 17 s
= **12 197** s.
• 4 h 42 min 23 s = **4** × **3 600 s** + **42** × **60 s** + **23 s**
= **16 943** s.

4 **a** • 24 h = 24 × 3 600 s = 86 400 s.
Il y a 86 400 secondes dans une journée.
• 365 jours = 365 × 86 400 s. **Il y a 31 536 000 secondes dans une année.**

b 1 000 000 000 ÷ 31 536 000 ≈ 31,7.
Le coureur a 31 ans.

5 **a** **On peut avoir: 12:34 ; 12:43 ; 13:24 ; 13:42 ; 14:23 ; 14:32 ; 21:34 ; 21:43 ; 23:14 ; 23:41.**

b **L'écart maximal de temps entre deux de ces affichages est 12 h 53 min.**

L'écart maximal se produit entre 23 h 41 min un soir et 12 h 34 min le lendemain et non entre 14 h 32 min et 21 h 34 min le même jour, ce qui donne 7 h 2 min.

6 **a** • Il faut calculer :
17 h 11 min 34 s – 12 h 34 min,
soit 16 h 71 min 34 s – 12 h 34 min.

Pour pouvoir soustraire, on transforme 1 heure en 60 minutes.

•

    16 h 71 min 34 s
  – 12 h 34 min 0 s
  ---
    4 h 37 min 34 s

La durée de parcours du vainqueur de l'étape **est 4 h 37 min 34 s.**
• 4 h 37 min 34 s = 4 × 60 min + 37 min 34 s,
soit **277 min 34 s.**
277 min 34 s = 277 × 60 s + 34 s, soit **16 654 s.**

b • 4 h 38 min 6 s – 4 h 37 min 34 s = 66 s – 34 s, soit 32 secondes. **Le vainqueur a repris 32 secondes au maillot jaune.**
• On a 6 min 17 s – 32 s = 5 min 77 s – 32 s, soit 5 min 45 s.
Le vainqueur de l'étape n'a plus que 5 min 45 s de retard sur le maillot jaune.

QUIZ BILAN pages 22-23

5. Addition - Soustraction

1 **Réponse b.** Le résultat d'une soustraction est une différence ; pour une addition, c'est une somme et pour une multiplication, c'est un produit.

2 **Réponse c.** On additionne des termes, on multiplie des facteurs et, de part et d'autre du symbole « = », on trouve des membres.

3 **Réponse b.** On aligne les virgules.

4 **Réponse c.** 3,75 + 4,30 + 2,50 = 10,55.

5 **Réponse c.**

Ne pas oublier la retenue (réponse **b.**) ; ne pas calculer 62 – 14 pour la partie décimale (réponse **a.**).

6 **Réponse a.** 37 + 45 – 9 = 73 ; 36 + 37 +10 = 83 et 153 – 45 – 45 = 63.

6. Angles

1 **Réponse c.** 143° est compris entre 90° et 180°, donc l'angle est obtus.

2 **Réponse c.** $\widehat{AOB}$, car les côtés sont [*OA*) et [*OB*).

3 **Réponse c.** L'angle étant aigu, il ne peut pas mesurer 120°.

4 **Réponse c.** **Attention aux graduations !** En **a.**, l'angle mesure 73° et, en **b.**, il mesure 113°.

5 **réponse b.** Le triangle du **a.** est rectangle en *B* et celui du **c.** est rectangle en *C*.

6 **Réponse c.** Avec deux angles droits, on aurait des côtés parallèles et donc pas un triangle ; un triangle équilatéral possède trois angles de 60° et il n'est pas rectangle.

7. Symétrie axiale

1 **Réponse c.** Un segment possède deux axes de symétrie : la droite qui le supporte (réponse **a.**) et sa médiatrice (réponse **b.**).

2 **Réponse b.** La médiatrice de [*AB*] passe par le milieu de [*AB*] et est perpendiculaire à (*AB*).

3 **Réponse c.** Deux segments symétriques ont la même longueur, donc *MP* = *OR*.

4 **Réponse a.** (*d*) est la médiatrice de [*SR*], donc *S* et *R* sont symétriques par rapport à (*d*).

5 **Réponse c.** Un triangle équilatéral a 3 axes de symétrie (voir page 18, exercice 2).

6 **Réponse c.** Un point situé sur la médiatrice d'un segment est équidistant de ses extrémités, donc *AM* = *BM*.

8. Durée

1 **Réponse b.** 150 min = 2 × 60 min + 30 min = 2 h 30 min.
1 h 50 min = 110 min et 2 h 50 min = 170 min.

2 **Réponse c.** 13 min 14 s = 13 × 60 s + 14 s = 794 s.

3 **Réponse a.**

```
  20 h 40 min
+  1 h 30 min
-------------
  21 h 70 min,
```

soit 22 h 10 min.

4 **Réponse c.**

```
  2 h 23 min 45 s
+ 3 h 46 min 17 s
-----------------
  5 h 69 min 62 s,
```

soit 6 h 10 min 2 s.

5 **Réponse c.** On a 43 min + 58 min = 101 min = 60 min + 41 min = 1 h 41 min.

6 **Réponse c.** On transforme 1 minute en secondes.
On a : 45 min 37 s – 17 min 50 s
= 44 min 97 s – 17 min 50 s
= 27 min 47 s.

9. Cercles pages 24-25

1 **a** • On a 40 ÷ 2 = 20. **Le rayon est de 20 cm.**

Le rayon d'un cercle vaut la moitié du diamètre.

• On a 2 × π × 20 ≈ 125,66. **La circonférence est d'environ 125,7 cm.**

Lors de l'arrondi, il faut observer la seconde décimale pour savoir s'il faut transformer ou non la première décimale.

b • **On peut obtenir quatre parts égales avec seulement deux coups de couteau.**
• **Chaque trait de couteau représente un diamètre du cercle.**
• **L'intersection *O* des traits de couteau est le centre du cercle.**
• [*OA*] et [*OB*] étant deux rayons du cercle, **le point *O* se situe à 20 cm de *A* et de *B*.**
• On trace deux arcs de cercle de centres *A* et *B* et de rayon 2 cm qui se coupent en *O*, puis deux diamètres perpendiculaires.

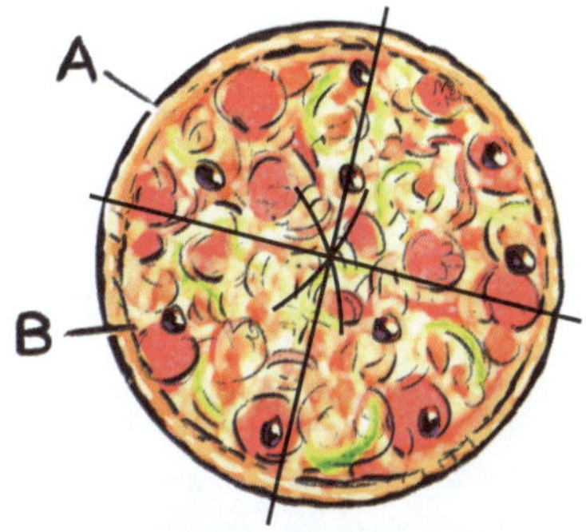

2 **a** • 2 × π × 2 = 4π. **Le périmètre d'un cercle de rayon 2 cm est 4π cm.**
• La longueur d'un quart de cercle de rayon 2 cm est donc **π cm.**

b • Le contour de la figure est composé de **8 quarts de cercle.**
• **Le périmètre de cette figure est 8π cm.**

3

cercle	rayon	diamètre	périmètre
①	2 cm	**4 cm**	**4 π cm**
②	**3 dm**	6 dm	**6 π dm**
③	**6 cm**	**12 cm**	12 π cm
④	**12,5 dm**	**25 dm**	25 π dm

Il suffit d'utiliser *d* = 2 *r*, *r* = *d* ÷ 2 et *d* = *p* ÷ π.

4 **a** **En trois coups de couteau, on peut obtenir 6 parts identiques.**

Il faut trois coups de couteau passant par le centre de la pizza.

b

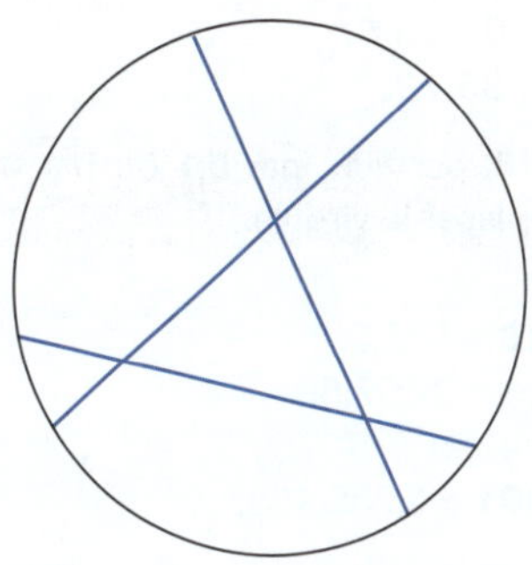

c Avec un quatrième coup de couteau, on peut obtenir 11 parts inégales.

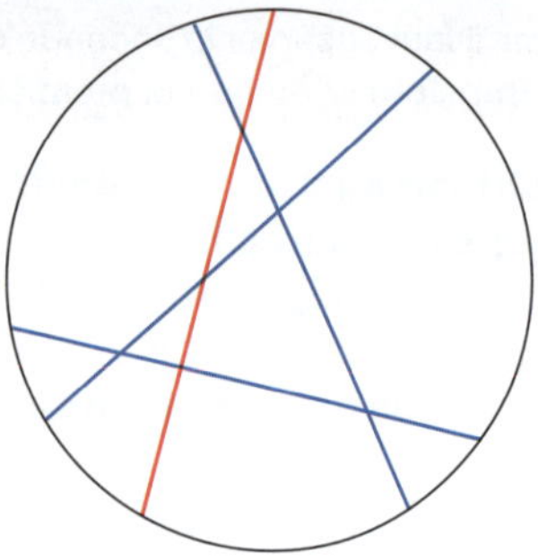

5

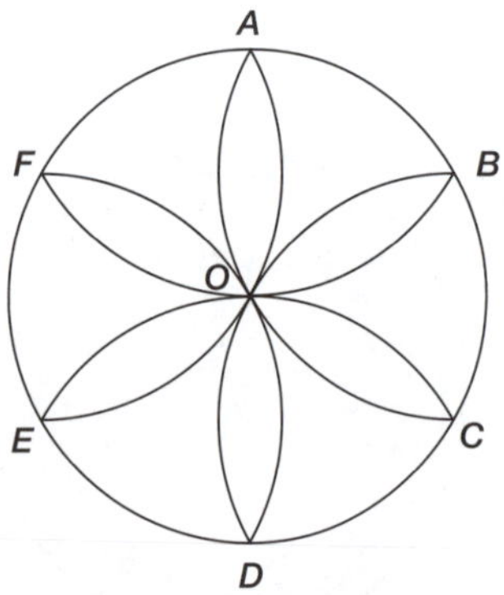

10. Multiplication - Division
pages 26-27

1 **a** • Pour déterminer la masse totale des 43 caisses, **il faut poser 43 × 7,5.**

```
•     43
    × 7,5
    -----
     215
    301•
    -----
    322,5
```

La masse totale des 43 caisses est de 322,5 kg.

> Pour poser une multiplication, il n'est pas nécessaire d'aligner les virgules. Le nombre de décimales du produit est la somme des nombres de décimales des facteurs.

b • **Il s'agit du produit de la multiplication.**
• **Les nombres 12 et 23 sont les facteurs de cette multiplication.**

2 • 28,35 × 10 = **283,5.**
• 62,43 × 100 = **6 243.**
• 37 × 100 = **3 700.**
• 42,17 × 0,1 = **4,217.**
• 38,6 × 0,001 = **0,038 6.**
• 3 678 × 0,01 = **36,78.**

> Multiplier par 10, par 100, par 0,1 ou par 0,01 revient à simplement déplacer la virgule.

3 • 67,23 × **10** = 672,3.
• 23,578 9 × **100** = 2 357,89.
• **0,1** × 432,1 = 43,21.
• 236,159 × **0,001** = 0,236 159.
• 1 948,2 × **0,01** = 19,482.
• 78,54 × **10** = 785,4.
• 0,004 8 × **1 000** = 4,8.
• 91,3 × **0,001** = 0,091 3.

> Un déplacement de la virgule dans une écriture décimale est le résultat d'une multiplication par 10, par 100, par 0,1, par 0,01.

4 • 123,45 × 678,9 = **83 810,205.**
• 12,345 × 6,789 = **83,810 205.**
• 123,45 × 67,89 = **8 381,020 5.**
• 1,234 5 × 678,9 = **838,102 05.**

> Le nombre de décimales du produit est la somme des nombres de décimales des facteurs.

5 **a** On pose et on effectue la division euclidienne de 2 637 par 120.
Il a acheté 21 palettes complètes.

```
2 637 | 120
  237 |-----
  117 | 21
```

b Il reste 117 caisses pour la nouvelle palette.
Comme 120 – 117 = 3, **il manque 3 caisses pour compléter la dernière palette.**

6

```
• 319 | 5            • 3 825 | 7
   19 |-----             32  |-----
   40 | 63,8             45  | 546,4
    0 |                  30  |
                          2  |
```

7 **a** • Comme on a *A* = 2 010, **on obtient *Q* = 502 et *R* = 2.**
• *T* = *J* + *A* + *M* + *Q* = 25 + 2 010 + 6 + 502
Donc *T* vaut 2 543.
• D'après la division euclidienne, *Z* vaut 2 et **le 25 juillet 2010 était un dimanche.**

```
2 543 | 7
   44 |-----
   23 | 363
    2 |
```

b On a: *J* = 17, *M* = 3, *A* = 2 028, *Q* = 507, *R* = 0.
T = 17 + 2 028 + 3 + 507 – 1 (car *R* = 0 et février), donc *T* = 2 554 et *Z* = 6.
Le 17 février 2028 sera un jeudi.

11. Quadrilatères particuliers
pages 28-29

1 **a** On trace un arc de cercle de centre *R* qui passe par *S* et un arc de cercle de centre *T* qui passe aussi par *S*. Les deux arcs de cercle se recoupent en *U*.

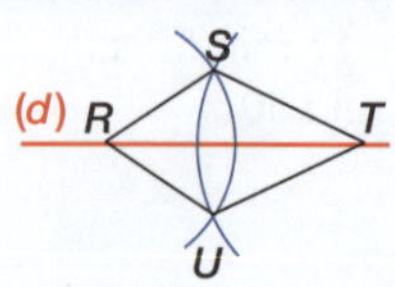

b On fait de même avec deux arcs de cercle de centre *U* et *S* passant par *R* et qui se coupent en *T*.

> Une symétrie axiale conserve les longueurs, donc un point et son symétrique par rapport à une droite (*d*) sont à la même distance d'un point donné de la droite (*d*).

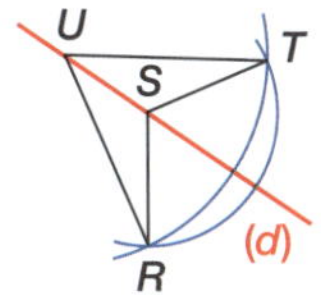

c

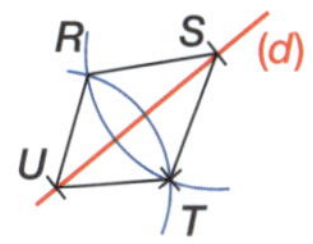

2 Les noms possibles sont:
***AVEL*, *ALEV*, *EVAL*, *ELAV*, *LAVE*, *LEVA*, *VALE* et *VELA*.**

Il faut faire le tour de la figure pour nommer un quadrilatère.

3 • **[*RS*]** et **[*GI*]** sont les diagonales.
• Un côté consécutif à [*RI*] est **[*GR*]** ou bien **[*SI*]**.
• **[*RI*]** et **[*GS*]** sont deux côtés opposés, ainsi que **[*RG*]** et **[*IS*]**.
• ***G***, ***R***, ***I*** et ***S*** sont les sommets du quadrilatère.

4 Soit *RSTU* un rectangle et (*d*) la médiatrice de [*RS*].
(*d*) est la médiatrice d'un côté d'un rectangle;
(*d*) est donc un **axe de symétrie de [*RS*].**
Les points *R* et *S* sont **symétriques** par rapport à (*d*), ainsi que les points ***T*** et ***U***.
Les segments [*RT*] et **[*SU*]** sont symétriques par rapport à **(*d*)**.
Or, si deux segments sont symétriques, alors **ils ont la même longueur.**
Les diagonales [*RT*] et **[*SU*]** ont donc **la même longueur**: *RT* = ***SU***.

5 a 2,2 dm ÷ 10 = 0,22 dm = 2,2 cm.
Le côté du losange sera de 2,2 cm pour chaque modèle.

b • Pour Sonia : on place *A* sur l'une des demi-droites à 2,2 cm de *B* et *C* sur l'autre demi-droite à 2,2 cm de *B*. Les arcs de cercle de centres *A* et *C* et de rayon 2,2 cm se coupent en *B* et en *D*.

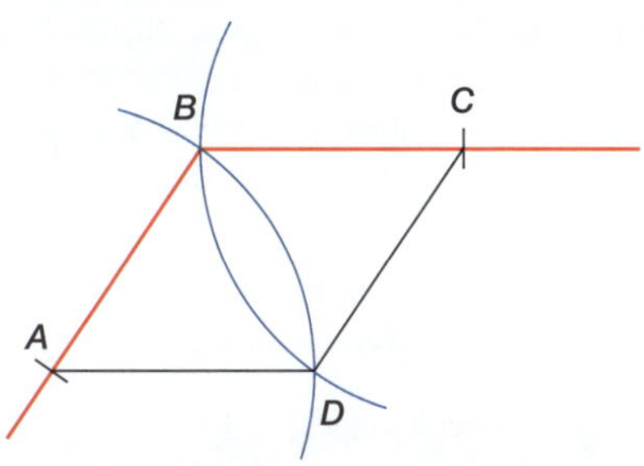

• Pour Enzo : on trace deux arcs de cercle de centres *A* et *C* et de rayon 2,2 cm qui se coupent en *B* et en *D*.

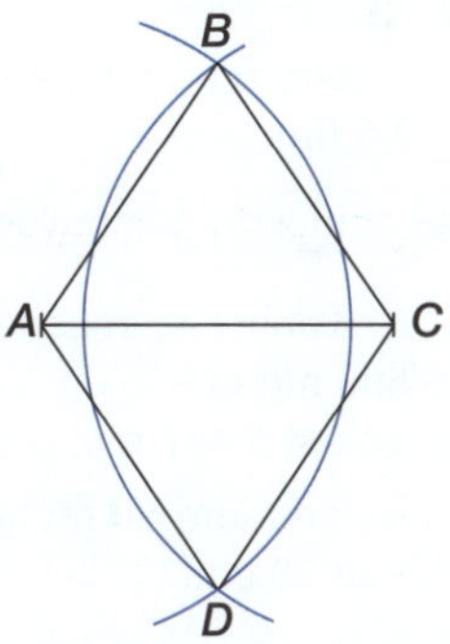

6 a Calcul de Paul :

petits carrés:	9
moyens carrés:	+ 4
grand carré:	+ 1
Total:	**14**

b Calcul d'Enzo :

rectangles 1 × 2 :	6 horizontaux
	+ 6 verticaux
rectangles 1 × 3 :	+ 3 horizontaux
	+ 3 verticaux
rectangles 2 × 3 :	+ 2 horizontaux
	+ 2 verticaux
Total:	**22**

7 **C'est un carré.**

Comme il a des diagonales de même milieu, ce quadrilatère est un parallélogramme.
Ayant un angle droit, le parallélogramme est un rectangle.
Ayant deux côtés consécutifs de la même longueur, le parallélogramme est aussi un losange.

12. Masse - Longueur pages 30-31

1 a • Pour les sucettes, la masse est **0,75 kg.**
Pour la guimauve, la masse est **0,25 kg.**

On peut utiliser un tableau pour effectuer les conversions, en mettant un chiffre par colonne.

kg	hg	dag	g	dg	cg	mg
0,	7	5	0			
0,	2	5	0			

• On a 3 × 100 g de bonbons, soit 300 g.
On a 2 × 850 g de caramels, soit 1 700 g.
La masse totale des trois paquets de bonbons et des deux paquets de caramels est 2 000 g, soit **2 kg.**

b 7 kg + 6 kg + 5 kg + 1 kg (sucettes + guimauve) + 2 kg (bonbons + caramel) + 1,2 kg + 2 kg = 24,2 kg.
La masse totale poussée par le vendeur est 24,2 kg.

2 On a 34 015 m = 34,015 km ; 348 hm = 34,8 km ;
34 070 000 mm = 34,07 km
et 3 486,3 dam = 34,863 km.
On a donc **3 486,3 dam** > **348 hm** >
34 070 000 mm > **34 015 m** > **34 km.**

Pour comparer des grandeurs, il faut les exprimer dans la même unité.

3 a

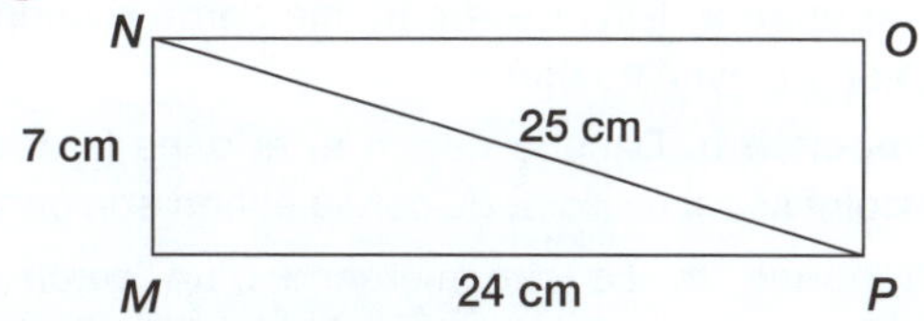

b • **Le périmètre de *MNP* est:**
7 cm + 25 cm + 24 cm, soit **56 cm.**
• **Le périmètre de *MNOP* est:**
2 × (7 cm + 24 cm), soit **62 cm.**

4 **a** Comme *AB* a le même codage que *BC*, on a ***AB* = *BC* = 2 cm.**

b On a : *CD* = *AD* – *AB* – *BC* = 7 – 2 – 2, soit ***CD* = 3 cm.**

5 **a** 3 km + 25 hm + 40 m
= 3 000 m + 2 500 m + 40 m
= **5 540 m.**

b 1,32 hm + 23,1 dam + 42,7 dm
= 132 m + 231 m + 4,27 m
= **367,27 m.**

Pour ajouter des longueurs, il faut d'abord les convertir dans la même unité.

6 **a** Soit *a* la longueur d'un côté.
On a : 4 × *a* = 120, soit *a* = 120 ÷ 4.
Chaque côté du carré mesure 30 cm.

b Le périmètre étant de 120 cm, le demi-périmètre (somme de la longueur et la largeur) vaut 60 cm. Comme la longueur est de 50 cm, **la largeur du rectangle est 10 cm.**

7 On a 250 mm = 0,25 m et 2,5 dm = 0,25 m.
Les trois côtés ayant la même longueur, **le triangle est équilatéral.**

8

produit	masse	prix	prix au kilo
pommes	1,2 kg	3,60 €	**3,00 €**
beurre	250 g	1,13 €	**4,52 €**
chocolat	300 g	2,40 €	**8,00 €**

9 **a** 25 × 1,40 € = 35 €.
La dépense du commerçant est 35 €.

b • 80 % de 25 kg, c'est 80 × 25 kg ÷ 100, soit 20 kg. **Il a vendu 20 kg de fraises.**
• 20 × 2,50 € = 50 € ; 50 € – 35 € = 15 €.
Le commerçant réalise 15 euros de bénéfice sur la vente des fraises.

QUIZ BILAN pages 32-33

9. Cercles

1 **Réponse c.** Un segment qui joint deux points d'un cercle est toujours une corde du cercle. C'est parfois un diamètre, mais jamais un rayon.

2 **Réponse a.** [*OK*] n'est pas une corde du cercle, car c'est un rayon du cercle.

3 **Réponse b.** Dans le dessin **a.** et dans le dessin **c.**, le point *M* est un point du cercle et non son centre.

4 **Réponse b.** La circonférence d'un cercle de rayon 5 cm est 2 × 5 cm × π, soit 10 π cm. 31,4 cm n'est qu'une valeur approchée et non la valeur exacte.

5 **Réponse c.** Si la circonférence est 12 π dm, c'est aussi *d* × π, donc *d* = 12.

6 **Réponse a.** Le périmètre d'un cercle de rayon 3 cm est 2 × 3 × π, soit environ 18,8 cm. Celui d'un carré de côté 4 cm est 16 cm et celui d'un triangle équilatéral de côté 6 cm est 18 cm.

10. Multiplication - Division

1 **Réponse c.** On ajoute les nombres de décimales des facteurs pour avoir celui du produit.
Ici, 1 + 3 = 4.

2 **Réponse c.** On compte le nombre de décimales (1 + 2, soit 3) comme à la question 1.

3 **Réponse c.** Un partage équitable correspond à une division.

4 **Réponse b.** Dans la division euclidienne de 45 par 6, le diviseur est 6.

5 **Réponse a.** Chaque côté mesure 48 cm ÷ 8, soit 6 cm.

6 **Réponse c.** Il ne faut pas oublier le zéro au quotient quand on abaisse deux chiffres en même temps. Le quotient est 805 et non 85.

11. Quadrilatères particuliers

1 **Réponse b.** Pour nommer un quadrilatère, on doit le faire en faisant son tour. Dans *SARB*, on passe par l'intérieur de la figure de *S* à *A* et de *R* à *B*.

2 **Réponse c.** Dans *BARS*, deux côtés opposés sont [*SB*] et [*RA*]. [*SB*] et [*SR*] sont consécutifs. [*BR*] est une diagonale et non un côté.

3 **Réponses a.** Il y a 4 petits rectangles formés d'une seule case, 4 moyens formés de deux cases (2 verticaux et 2 horizontaux) et 1 grand formé des 4 cases, soit un total de 9.

4 **Réponse c.** La figure **a.** est un carré donc un rectangle ; la figure **b.** est un rectangle. La figure **c.** n'est pas un rectangle, car elle ne possède que deux angles droits.

5 **Réponse c.** Avec trois angles droits, le quadrilatère est un **rectangle**, donc un parallélogramme qui possède aussi des diagonales perpendiculaires, c'est aussi un **losange**. C'est donc un carré.

6 **Réponse a.** Un carré possède 4 axes de symétrie qui sont ses diagonales comme pour le losange et les médiatrices de ses côtés comme pour le rectangle.

12. Masse - Longueur

1 **Réponse b.** À l'aide d'un tableau de conversion, on a 0,037 kg = 37 g.

2 **Réponse c.** À l'aide d'un tableau de conversion, on a 0,045 dam = 4,5 dm.

Attention à ne pas confondre **dam** avec **dm.**

3 **Réponse c.** On exprime les masses dans la même unité : 65,8 dg = 6 580 mg et 645 cg = 6 450 mg.
La plus petite masse est 6 447 mg.

4 **Réponse b.** Le périmètre du rectangle est : 2 × (7 cm + 3 cm), soit 20 cm.

5 **Réponse b.** Il faut 4 baguettes de 250 grammes pour avoir 1 kg. On a : 4 × 0,75 € = 3 €.

6 **Réponse a.** On exprime les longueurs dans la même unité : 65,6 dm = 6 560 mm
et 655,8 cm = 6 558 mm.
La longueur la plus grande est 65,6 dm.

13. Multiples - Diviseurs pages 34-35

1 **a** Il y a Eva, ses trois amis et les cinq autres camarades, soit **9 enfants au goûter.**

b • Les quantités divisibles par 9 sont 18, 27 et 9. Les gourmandises qui peuvent être équitablement partagées entre ces enfants sont **les bonbons à la fraise, les petits gâteaux au chocolat et les petits pots de glace.**
• Chaque enfant recevra **2 bonbons à la fraise, 3 petits gâteaux au chocolat et 1 petit pot de glace.**

2 **a**

le nombre ... est-il	6 432	2 025	6 830	936
multiple de 2 ?	Oui	Non	Oui	Oui
multiple de 3 ?	Oui	Oui	Non	Oui
multiple de 5 ?	Non	Oui	Oui	Non
multiple de 9 ?	Non	Oui	Non	Oui

le nombre ... est-il	1 234 567 890	123	165
multiple de 2 ?	Oui	Non	Non
multiple de 3 ?	Oui	Oui	Oui
multiple de 5 ?	Oui	Non	Oui
multiple de 9 ?	Oui	Non	Non

b • Les multiples de 6 sont **1 234 567 890, 6 432 et 936.**

Les multiples de 6 sont les nombres qui sont à la fois multiples de 2 et multiples de 3.

• Les multiples de 15 sont **1 234 567 890, 2 025 et 165.**

Les multiples de 15 sont les nombres qui sont à la fois multiples de 3 et multiples de 5.

• Le seul multiple de 30 est **1 234 567 890.**

Les multiples de 30 sont les nombres qui sont à la fois multiples de 2, multiples de 3 et multiples de 5.

c • Comme 45 = 9 × 5, **les multiples de 45 sont ceux qui sont multiples de 5 et de 9.**
• Les multiples de 45 sont **1 234 567 890 et 2 025.**

3 **a** 77 est un **multiple** de 11.
b 5 est un **diviseur** de 195.
c 7 est un **diviseur** de 21.
d 3 546 est un **multiple** de 2 et de 9.

4 **a** 2 015 est un multiple de 5 : **vrai,** car il se termine par le chiffre 5.
b 4 687 est un multiple de 3 : **faux,** car la somme des chiffres vaut 25 qui n'est pas un multiple de 3.
c 1 936 est divisible par 4 : **vrai,** car le nombre formé par ses deux derniers chiffres est divisible par 4.

5 75 est un multiple de 5, car il se termine par un 5 et un multiple de 3, car la somme de ses chiffres vaut 12 qui est divisible par 3. 75 étant un nombre impair, il n'est divisible ni par 2, ni par 4.
Seuls Paul et Sonia arriveront exactement sur la dernière marche.

6 **a** On entoure le 2 et on barre tous les nombres pairs (trait horizontal simple).
b On entoure le 3 et on barre ses multiples (diagonale en rouge). On entoure le 5 et on barre ses multiples (trait horizontal double). On entoure le 7 et on barre ses multiples (diagonale en vert).

~~1~~	(2)	(3)	~~4~~	(5)	~~6~~	(7)	~~8~~	~~9~~	~~10~~
11	~~12~~	13	~~14~~	~~15~~	~~16~~	17	~~18~~	19	~~20~~
~~21~~	~~22~~	23	~~24~~	~~25~~	~~26~~	~~27~~	~~28~~	29	~~30~~
31	~~32~~	~~33~~	~~34~~	~~35~~	~~36~~	37	~~38~~	~~39~~	~~40~~
41	~~42~~	43	~~44~~	~~45~~	~~46~~	47	~~48~~	~~49~~	~~50~~
~~51~~	~~52~~	53	~~54~~	~~55~~	~~56~~	~~57~~	~~58~~	59	~~60~~
61	~~62~~	~~63~~	~~64~~	~~65~~	~~66~~	67	~~68~~	~~69~~	~~70~~
71	~~72~~	73	~~74~~	~~75~~	~~76~~	~~77~~	~~78~~	79	~~80~~
~~81~~	~~82~~	83	~~84~~	~~85~~	~~86~~	~~87~~	~~88~~	89	~~90~~
~~91~~	~~92~~	~~93~~	~~94~~	~~95~~	~~96~~	97	~~98~~	~~99~~	~~100~~

c **Il reste 25 nombres qui sont :** 2, 3, 5, 7, 11, 13, 17, 19, 23, 29, 31, 37, 41, 43, 47, 53, 59, 61, 67, 71, 73, 79, 83, 89 et 97.

7 **Je suis 61,** car 61 + 1 = 2 × 31, 61 + 2 = 3 × 21, 61 + 3 = 4 × 16 et 61 + 4 = 5 × 13.

14. Triangles pages 36-37

1

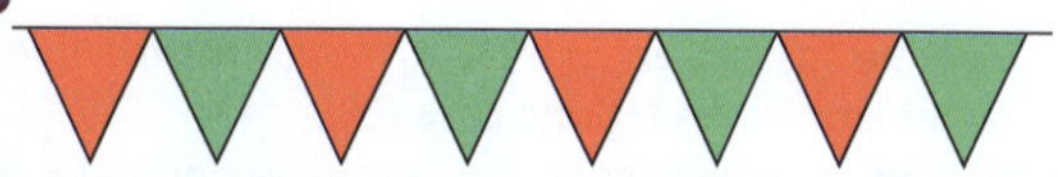

2 **a** • Le côté opposé à *N* dans le triangle à bords rouges est **[*RI*].**
• **Les six noms possibles sont : *NIR, RIN, NRI, IRN, INR* et *RNI*.**

Il y a toujours six manières de nommer un triangle.

b • **Il y a huit triangles dans cette figure.**
• **Ces triangles sont : *ERN, ENO, EOI, EIR, RNO, NOI, OIR* et *IRN*.**

3 **a** Il faut employer **une règle graduée, une équerre et un compas.**

La règle graduée sert à tracer les traits et avoir les mesures. L'équerre permet d'obtenir un angle droit. Le compas permet d'avoir tous les points à 5 cm du point *G* et, en particulier, le point *F*.

b On trace une demi-droite [*Ex*) perpendiculaire à (*EG*). On trace un arc de cercle de centre *G* et de rayon 5 cm qui coupe [*Ex*) en un point *F*.

On trace le segment [*FG*].

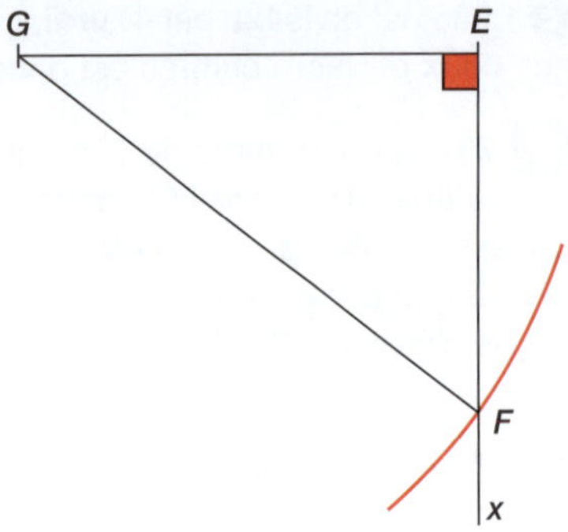

c On a ***FE* = 3 cm** et **le périmètre de *EFG* vaut** 3 cm + 4 cm + 5 cm, soit **12 cm.**

4 **a**

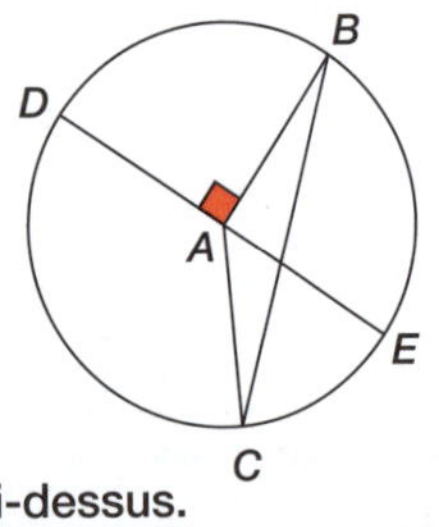

b • Voir figure ci-dessus.
• Comme *B* et *C* sont deux points du cercle, on a *AC* = *AB*, donc **le triangle *ABC* est isocèle en *A*.**

c *D* et *E* sont les extrémités du diamètre perpendiculaire à (*AB*) (voir figure).

5 **a**

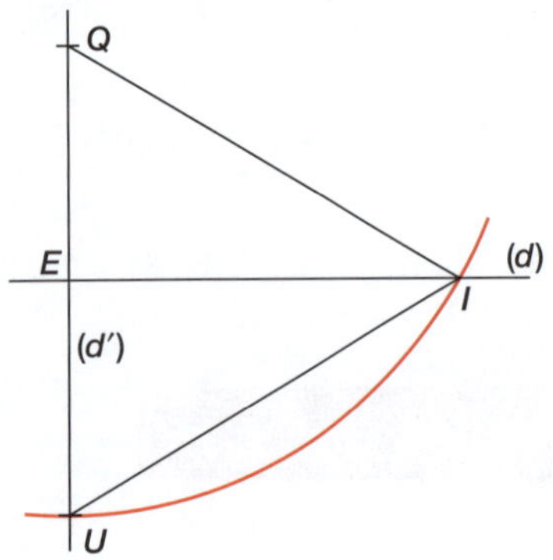

b • Comme (*d*) est un axe de symétrie du triangle, le triangle est isocèle en *I*, donc *QI* = *IU*.
Comme *U* et *I* sont sur un arc de cercle de centre *Q*, on a *QI* = *QU*, donc les trois côtés ont la même longueur.
Le triangle *QUI* est équilatéral.
• **Le périmètre du triangle *QUI* est** 3×4 cm, soit **12 cm.**

6

On peut trouver d'autres dispositions.

15. Fractions pages 38-39

1 **a** 120 – (32 + 25 + 33) = 120 – 90 = 30.
Eva a ramassé 30 coquillages.

b Pour Sonia, la fraction est : $\frac{32}{120} = \frac{8 \times 4}{8 \times 15} = \mathbf{\frac{4}{15}}$.

Pour Paul, c'est : $\frac{25}{120} = \frac{5 \times 5}{5 \times 24} = \mathbf{\frac{5}{24}}$.

Pour Enzo, c'est : $\frac{33}{120} = \frac{3 \times 11}{3 \times 40} = \mathbf{\frac{11}{40}}$.

Pour Eva, c'est : $\frac{30}{120} = \frac{1 \times 30}{4 \times 30} = \mathbf{\frac{1}{4}}$.

2 **a**

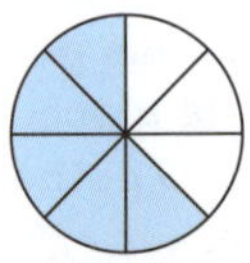

b

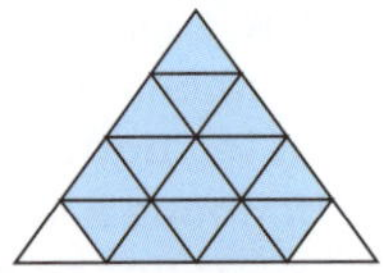

c

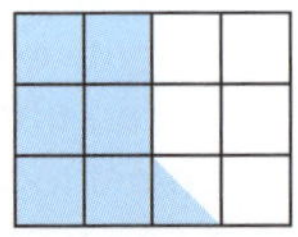

Attention, pour le **b**, chaque petit triangle représente un seizième et on a $\frac{7}{8} = \frac{14}{16}$.
Pour le rectangle du **c**, chaque petit rectangle représente 2 vingt-quatrièmes et 13 = 6 × 2 + 1.

3 **a** $\frac{7}{10}$ **= 0,7.** **b** $\frac{1}{4}$ **= 0,25.** **c** $\frac{1\,003}{20}$ **= 50,15.**

d $\frac{13}{5}$ **= 2,6.** **e** $\frac{33}{6}$ **= 5,5.** **f** $\frac{35}{14}$ **= 2,5.**

g $\frac{55}{22}$ **= 2,5.** **h** $\frac{45}{18}$ **= 2,5.**

4 **a** Quarante et un centièmes = $\mathbf{\frac{41}{100}}$.

b Onze douzièmes = $\mathbf{\frac{11}{12}}$.

c Treize cinquièmes = $\mathbf{\frac{13}{5}}$.

d Cent vingt-sept demis = $\mathbf{\frac{127}{2}}$.

e Cinq quarts = $\mathbf{\frac{5}{4}}$.

f Trente-deux tiers = $\mathbf{\frac{32}{3}}$.

5 **a** $\frac{2}{5} = \frac{2 \times \mathbf{7}}{5 \times 7} = \mathbf{\frac{14}{35}}$. **b** $\frac{7}{5} = \frac{\mathbf{7} \times 4}{5 \times 4} = \mathbf{\frac{28}{20}}$.

c $\frac{11}{2} = \frac{\mathbf{11 \times 4}}{\mathbf{2 \times 4}} = \frac{44}{8}$. **d** $\frac{5}{7} = \frac{5 \times 7}{7 \times \mathbf{7}} = \mathbf{\frac{35}{49}}$.

e $\frac{11}{3} = \frac{11 \times 5}{\mathbf{3 \times 5}} = \mathbf{\frac{55}{15}}$. **f** $\frac{7}{2} = \frac{\mathbf{7} \times \mathbf{5}}{\mathbf{2} \times 5} = \mathbf{\frac{35}{10}}$.

6 **a** $\frac{55}{15} = \frac{5 \times \mathbf{11}}{\mathbf{5 \times 3}} = \mathbf{\frac{11}{3}}$.

b $\frac{243}{72} = \frac{\mathbf{9 \times 27}}{\mathbf{9 \times 8}} = \mathbf{\frac{27}{8}}$.

c $\frac{164}{116} = \frac{4 \times \mathbf{41}}{4 \times \mathbf{29}} = \mathbf{\frac{41}{29}}$.

7 $\frac{1}{2} \times 18 = 9$: il y a **9 chapitres** de « Géométrie ».
$\frac{1}{9} \times 18 = 2$: il y a **2 chapitres** sur « Organisation et gestion de données » et **2 chapitres** sur « Grandeurs et mesures ».
On a $18 - 9 - 2 - 2 = 5$: **5 chapitres** portent sur « Nombres et calculs ».

8 $\frac{1}{4} \times 120 = 30$: **il y a 30 couteaux.**
$\frac{1}{6} \times 120 = 20$: **il y a 20 chapeaux chinois.**
$\frac{3}{20} \times 120 = 18$: **il y a 18 moules.**
$\frac{2}{15} \times 120 = 16$: **il y a 16 bulots.**

Les quatre amis ont ramassé d'autres variétés de coquillages, car le total des quatre sortes étudiées ne fait pas 120.

16. Aires pages 40-41

1 **a** 1,2 m × 0,8 m = 0,96 m².
L'aire du rectangle de Paul est 0,96 m².

b • 150 cm × 70 cm = 10 500 cm².
Le château d'Eva occupe 10 500 cm².
• Or, on a 10 500 cm² = 105 dm² = 1,05 m².

Pour passer d'une unité d'aire à celle immédiatement supérieure, on multiplie par 0,01, c'est-à-dire qu'on déplace la virgule de deux crans vers la gauche.

Le château d'Eva dépasse la taille maximale, donc **la décision du jury est normale.**

2 **a** 53,5 hm² = **535 000** m².
b 167,22 m² = **1,672 2** dam².
c 123 405 mm² = **12,340 5** dm².
d 3,4 ha = **34 000** m².
e 150 000 000 cm² = **0,015** km².
f 373 440 dam² = **373 440** a.
g 12 cm² = **0,001 2** m²
h 1 542 dm² = **0,154 2** dam².

km²		hm² ha		dam² a		m² ca		dm²		cm²		mm²	
		5	3	5,	0	0	0						
					1	6	7,	2	2				
								1	2	3	4	0	5,
			3,	4	0	0	0						
	0,	0	1	5	0	0	0	0	0	0	0,		
3	7	3	4	4	0,								
							0,	0	0	1	2,		
					0,	1	5	4	2,				

Pour mettre un nombre dans le tableau de conversion, on commence par positionner la virgule à droite de la colonne correspondant à l'unité de départ, puis les chiffres par rapport à la virgule.

Pour convertir, on change de place la virgule **en complétant éventuellement avec des zéros.**

3 Le rayon est r = 20 cm ÷ 2 = 10 cm.
L'aire du disque est $\pi \times r \times r$ = 3,14 × 10 cm × 10 cm, soit **314 cm².**

4 **a** **Première méthode par différence**
• $AB \times AD$ = 40 × 30 = 1 200.
L'aire du rectangle *ABCD* est 1 200 m².
• $AE \times AE$ = 13 × 13 = 169.
L'aire du carré *AEFG* est 169 m².
• On a 1 200 – 169 = 1 031.
L'aire de la pelouse est 1 031 m².

b **Seconde méthode par somme**
• On a ***GD*** = $AD - AG$ = 30 – 13 **= 17.**
On a ***EB*** = $AB - AE$ = 40 – 13 **= 27.**
• $CD \times DG$ = 40 × 17 = 680.
L'aire du rectangle *CDGH* est 680 m².
• $EB \times EF$ = 27 × 13 = 351.
L'aire du rectangle *BEFH* est 351 m².
• On a 680 + 351 = 1 031.
L'aire de la pelouse est 1 031 m².

5 **a** 56 – 25 – 7 = 24.
La longueur du troisième côté est 24 cm.

b On a : $\frac{b \times h}{2} = \frac{24 \times 7}{2} = 84$.
L'aire du triangle est 84 cm².

Dans un triangle rectangle, le plus grand côté est celui opposé à l'angle droit.

6 **a** • On a : $\frac{NO \times NP}{2} = \frac{1 \times 1{,}5}{2} = 0{,}75$.
L'aire du triangle *PON* est 0,75 m².
• On a : $\frac{MO \times MN}{2} = \frac{0{,}8 \times 0{,}6}{2} = 0{,}24$.
L'aire du triangle *MON* est 0,24 m².

b On a : 0,75 + 0,24 = 0,99.
L'aire totale employée par Sonia et Enzo est 0,99 m², donc **leur œuvre a été acceptée par le jury.**

QUIZ BILAN pages 42-43

13. Multiples - Diviseurs

1 **Réponse c .** Le nombre 7 835 est divisible par 5, car il se termine par le chiffre 5 ; il n'est donc pas divisible par 2, ni par 3 car la somme de ses chiffres est 23.

2 **Réponse c.** Un multiple de 5 est 67 890, car les multiples de 5 se terminent par 5 ou par 0.

3 **Réponse b.** Un nombre divisible à la fois par 4 et par 5 peut être 7 260 qui se termine par 0, donc divisible par 5 et on a, de plus, 60 = 4 × 15.

4 **Réponse c.** Un nombre divisible à la fois par 2 et par 3 est aussi divisible par 6, car 6 = 2 × 3. Par exemple, 18 est divisible par 2 et par 3, donc par 6 et 18 n'est divisible ni par 4, ni par 5.

5 **Réponse a.** La somme 3 + 4 + 5, qui vaut 12, n'est pas divisible par 5. Le produit $3 \times 4 \times 5$, qui vaut 60, est divisible par 3, par 4 et par 5 ; l'expression $3 \times 5 + 4$, qui vaut 19, n'est divisible ni par 3, ni par 4, ni par 5.

6 **Réponse c.** Le nombre 714 est divisible par 2 et par 3, car il se termine par un 4 et que 7 + 1 + 4 = 12, avec 12 divisible par 3.

14. Triangles

1 **Réponse c.** *ABC* est un triangle isocèle en *A*, donc *AB* = *AC* et, de plus, on a *AB* = *BC*. Les trois côtés ont la même longueur et *ABC* est équilatéral.

2 **Réponse c.** Il y a 8 triangles dissimulés dans la figure, 6 petits et 2 grands.

3 **Réponse a.** Le triangle *ABC* est isocèle en *B*, car on sait que *BA* = *BC*. On ne connaît rien sur *AC*, donc on ne peut pas conclure que *ABC* est équilatéral.

4 **Réponse c.** *MNO* est un triangle isocèle de périmètre 14 cm avec *MN* = 4 cm. On ignore où ce triangle est isocèle.
Si le triangle est isocèle en *M*, alors on a *MO* = *MN* = 4, donc *ON* = 6.
Si le triangle est isocèle en *N*, alors on a *MN* = *NO* = 4, donc *MO* = 6
Enfin, si le triangle est isocèle en *O*, alors on a *MN* = 4 et *MO* = *NO* = (14 – 4) ÷ 2 = 5.

5 **Réponse a.** Un dessin représentant un triangle *AZE* rectangle en *Z*, avec *AZ* = 2 cm et *AE* = 3 cm, est le dessin **a.** Pour le dessin **b.**, l'angle droit est en *A* au lieu d'être en *Z* et, pour le dessin **c.**, la longueur *AE* vaut plus que 3, car on a *EZ* = 3.

6 **Réponse a.** *TIR* est un triangle, avec *TI* = *IR* = 7 cm, dont le périmètre vaut 21 cm.
On a *TR* = 21 – 7 – 7 = 7, donc les trois côtés ont la même longueur. *TIR* est équilatéral.

15. Fractions

1 **Réponse a.** $\frac{37}{10}$ est égale au nombre 3,7 et $\frac{3{,}7}{10}$ n'est pas une fraction, car son numérateur n'est pas entier.

2 **Réponse b.** La partie coloriée du dessin est composée de 4 rectangles et de 2 demi-rectangles, soit l'équivalent de 5 rectangles parmi les 12. Elle correspond à la fraction $\frac{5}{12}$.

3 **Réponse b.** On a : $\frac{27}{36} = \frac{3 \times 9}{4 \times 9} = \frac{3}{4}$.

4 **Réponse b.** La fraction $\frac{82}{117}$ vaut environ 0,700 854 7 ; elle n'est pas égale à 0,7.

5 **Réponse b.** Les trois septièmes de 35 sont :
$\frac{3}{7} \times 35 = \frac{3 \times 5 \times 7}{7} = 3 \times 5 = 15.$

6 **Réponse a.** $\frac{4}{5} \times 6 = 0{,}8 \times 6 = 4{,}8$. Les deux autres calculs donnent 24.

16. Aires

1 **Réponse b.** 1 m² = 100 dm² = 10 000 cm².

2 **Réponse c.** L'aire du triangle vaut $\frac{2{,}4 \times 0{,}7}{2}$, soit 0,84.

3 **Réponse b.** À l'aide d'un tableau de conversion, 1 hectare vaut 10 000 m².

4 **Réponse c.**
5 m × 2 cm = 50 dm × 0,2 dm = 10 dm².

> Pour multiplier des longueurs, il faut les exprimer dans la même unité.

5 **Réponse b.** On procède par différence.
$3 \times 2 - \frac{2 \times 1}{2} = 6 - 1 = 5.$
L'aire de la partie coloriée est 5 cm².

6 **Réponse c.** Avec *AB* = 20 cm, soit *AB* = 2 dm, et *AD* = 3 dm, l'aire d'un rectangle *ABCD* vaut :
2 dm × 3 dm, c'est-à-dire 6 dm².

> Pour multiplier des longueurs, il faut les exprimer dans la même unité.

17. Organisation et représentation des données pages 44-45

1 **a** **• Sonia a fait bronzette 13 fois.**
• L'activité la plus pratiquée par Sonia est la baignade (22 fois) **et la moins pratiquée est la lecture** (7 fois).

b

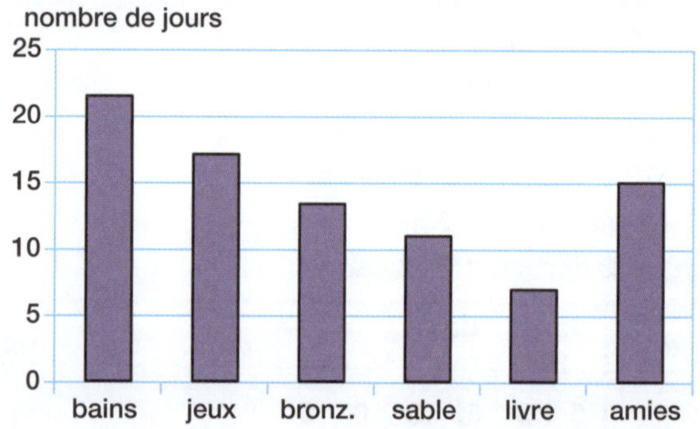

2 Le diagramme **a** ne convient pas, car il n'y a que trois parties.
Le diagramme **c** ne convient pas, car la baignade représente la moitié des réponses et la partie en violet fait plus de la moitié du diagramme.
Le bon diagramme est le b.

3 **a** **• La température maximale est 35 °C.**
• Paul a noté cette température au bout de 10 jours.

b **La température a été supérieure ou égale à 30 °C pendant 8 jours.**

c La température la plus élevée est de 35 °C et la plus basse de 20 °C. **L'écart est de 15 °C.**

4

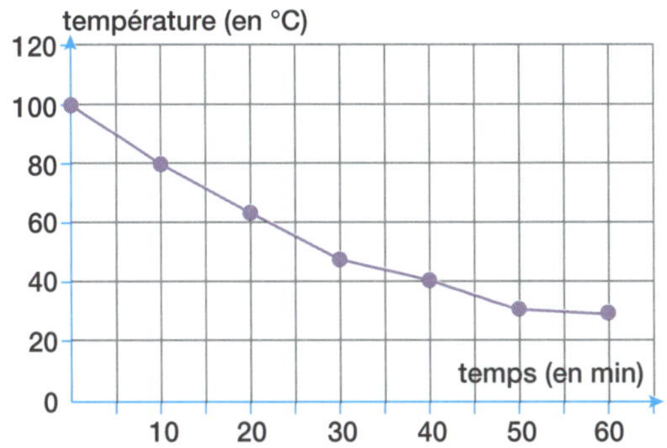

La courbe s'arrête aux points d'abscisses 0 et 60, car l'expérience est faite entre les instants 0 et 60.

5 **a** **b** **c**

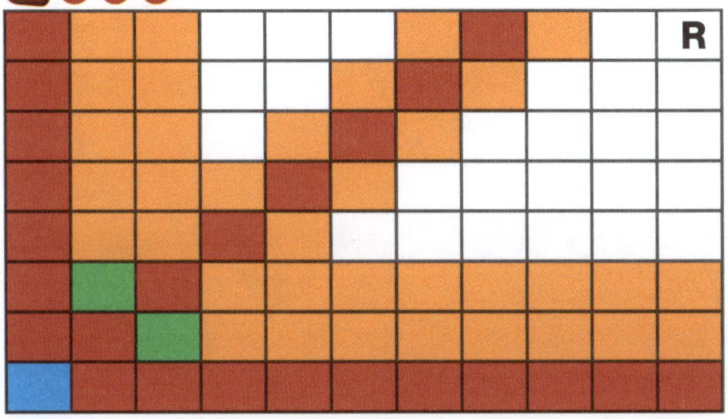

d

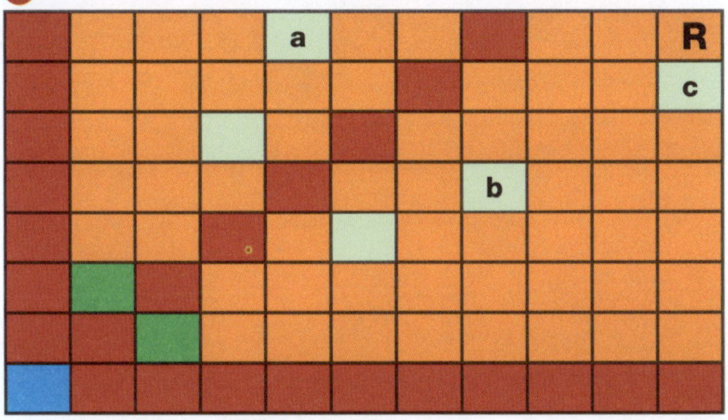

Le premier joueur en partant du coin supérieur droit peut atteindre les cases gagnantes a, b ou c et **il est assuré de gagner.**

18. Volumes pages 46-47

1

2 **a** **Le cadeau (2) est un pavé droit.**

En mathématiques, le cadeau (1) est un prisme droit et le (3) une pyramide.

b

solide	*NS*	*NF*	*NA*	*NS* + *NF* – *NA*
(1)	6	5	9	2
(2)	8	6	12	2
(3)	4	4	6	2

3 **a** 8 ÷ 4 = 2. **Il y a deux couches de souvenirs.**

b 16 ÷ 4 = 4 et 12 ÷ 4 = 3. **Il y a** 4 × 3 souvenirs par couche, soit **12**.

c 2 × 12 = 24. **Sonia a acheté 24 souvenirs.**

4

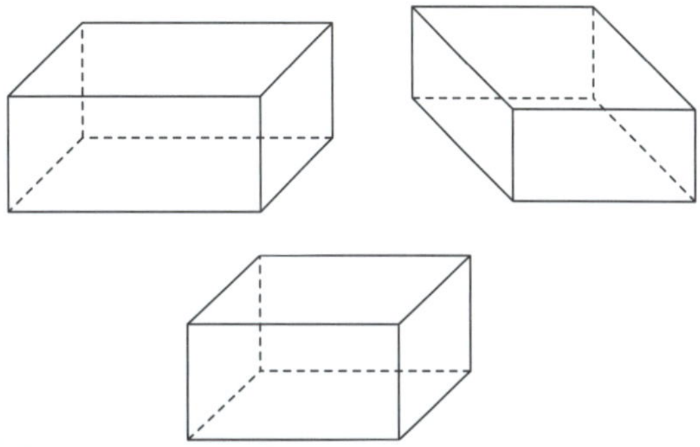

5 **a** **Il manque un rectangle** pour avoir un patron d'un pavé droit.

b **Les carrés sont mal disposés**. En faisant le pliage, on aura les deux carrés de gauche au même endroit (superposés).

6 **a** **La face *ADHE* est un rectangle.**

b **On en déduit que les droites (*EA*) et (*AD*) sont perpendiculaires.**

Ne pas oublier que la réalité ne peut pas être conservée dans une perspective cavalière.

QUIZ BILAN page 48

17. Organisation et représentation des données

1 **Réponse a.** Pour regrouper des données, on utilise un tableau.

2 **Réponse b.** La représentation de ce genre de données est un diagramme en rectangles.

3 **Réponse a.** Le nombre de billes bleues est : 35 – 17 – 8 = 10.

4 **Réponse a.** Dans le tableau **b.**, il manque la colonne pour les billes bleues et, dans le tableau **c.**, le nombre de billes bleues est faux.

5 **Réponse c.** Le nombre d'élèves pratiquant la danse est 45, valeur qui correspond à la taille du rectangle de droite.

6 Réponse a. Il y a 5 notes au-dessus de 10, car 5 points de la courbe sont au-dessus de la droite horizontale correspondant à la note 10.

18. Volumes

1 Réponse c. Il y a 6 faces, et non 5, et [*MO*] est une diagonale de face et non une arête.

2 Réponse c. (*MP*) et (*NR*) ne sont pas sécantes malgré les apparences, car (*NR*) est cachée derrière alors que (*MP*) est devant.

3 Réponse b. La face *MNOP* est un rectangle dont l'angle est droit.

4 Réponse c. L'arête [*RS*] est en pointillé, car elle est en réalité cachée.

5 Réponse a. La face opposée à la face verte est grise, car la face grise est à côté de la face bleue et à côté de la face jaune.

6 Réponse b. Dans le patron **a.**, il manque une face et, dans le patron **c.**, un carré du haut devrait être en bas.

pizzeria

• **Déduis-en la longueur d'un quart de cercle de rayon 2 cm.**

....

b • **De combien de quarts de cercle le contour de la figure est-il composé ?**

....

• **Calcule le périmètre de cette figure.**

....

....

Rappel : *périmètre* = $2 \times$ *pi* $\times$ *r*.

3 **Complète le tableau suivant.**

cercle	rayon	diamètre	périmètre
①	2 cm	....	....
②	....	6 dm	....
③	....	....	12 π cm
④	....	....	25 π dm

Un partage inégal...

4 Au moment de partager la seconde pizza, Sonia demande à Paul en combien de parts il peut la découper en trois coups de couteau.

a **Combien de parts identiques peut-on obtenir en trois coups de couteau ?**

....

b Paul répond « sept » à la surprise générale en précisant que les sept parts ne seront pas égales.

Représente les trois coups de couteau qui permettent d'obtenir sept parts.

c **Complète le dessin de la question précédente avec un quatrième coup de couteau pour obtenir le plus possible de parts inégales.**

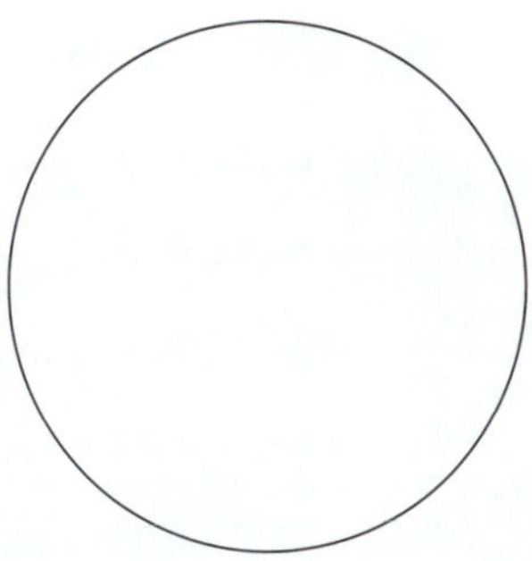

L'EXO RIGOLO

5 **Suis les consignes pour obtenir une rosace comme celle du modèle ci-dessous.**

• Sur la figure du bas, trace six arcs de cercle qui passent par *O*.

• Le centre du premier arc de cercle est *A* et cet arc de cercle coupe le cercle en *F* et en *B*.

• Le centre du deuxième arc de cercle est *B* et cet arc de cercle coupe le cercle en *A* et en *C*.

• Le centre du troisième arc de cercle est *C* et cet arc de cercle coupe le cercle en *B* et en *D*

• L'arc de cercle suivant est de centre *D* et donne le point *E*, centre du cinquième arc de cercle.

• *F* est le centre du dernier arc de cercle.

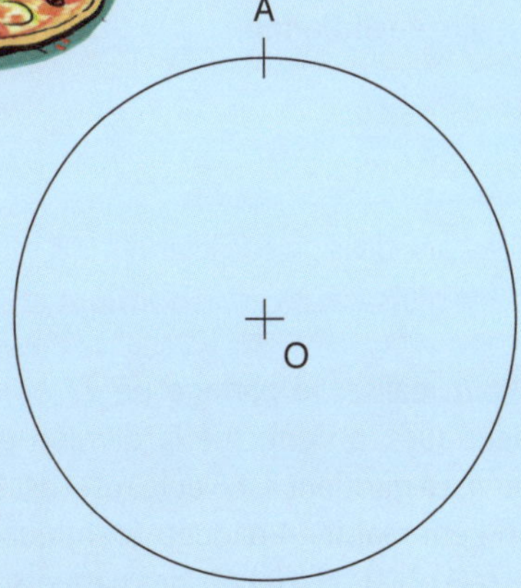

Sur

Il est beau mon poisson !

1 En cette fin d'après-midi, Eva et Sonia se promènent sur le port, où de nombreux bateaux de pêche déchargent des caisses de poisson frais. D'un premier bateau sont descendues 43 caisses toutes identiques. Sur chacune d'elles, il est indiqué 7,5 kg.

a • **Quelle opération faut-il poser pour déterminer la masse totale des 43 caisses ?**

....

....

• **Pose cette opération et donne la masse totale des 43 caisses.**

....

b Devant un autre bateau, Eva observe que les caisses ont été rangées en 23 piles. Chaque pile comporte 12 caisses. Elle calcule mentalement 12 × 23 et annonce qu'il y a 276 caisses.

• **Comment nomme-t-on le résultat « 276 » de l'opération effectuée par Eva ?**

....

....

....

• **Que représentent les nombres 12 et 23 pour cette opération ?**

....

....

2 **Calcule mentalement les produits.**

- 28,35 × 10 = ...
- 62,43 × 100 = ...
- 37 × 100 = ...
- 42,17 × 0,1 = ...
- 38,6 × 0,001 = ...
- 3 678 × 0,01 = ...

Ne te trompe pas dans le sens de déplacement de la virgule !

RAPPEL DE COURS

Multiplication

• Le résultat d'une multiplication est un **produit**. Chacun des nombres multipliés est un **facteur**.

Ex. On a : 2 × 5 × 7 = 70. 70 est le produit des trois facteurs 2 ; 5 et 7.

• Multiplication par déplacement de la virgule

multiplication par	déplacement de la virgule
10	**1** rang vers la droite
100	**2** rangs vers la droite
1 000	**3** rangs vers la droite
0,1	**1** rang vers la gauche
0,01	**2** rangs vers la gauche
0,001	**3** rangs vers la gauche

Division euclidienne

• Une division ne comportant que des nombres entiers est dite **euclidienne**.

Ex.

Dividende / reste	Diviseur / quotient
598	17
88	35
3	

C'est une division euclidienne. 598 est le **dividende.** 17 est le **diviseur.** 35 est le **quotient** et 3 est le **reste.**

• Pour réaliser le partage de 27 objets en 4 paquets identiques, on effectue la division euclidienne de 27 par 4. Le quotient est 6 et le reste est 3.
On peut réaliser 4 paquets identiques de 6 objets et il reste 3 objets en dehors des paquets.

le port

3 **Complète les égalités avec les nombres 10 ; 100 ; 1 000 ; 0,1 ; 0,01 ou 0,001.**

- 67,23 × .... = 672,3.
- 23,578 9 × .... = 2 357,89.
- .... × 432,1 = 43,21.
- 236,159 × .... = 0,236 159.
- 1 948,2 × .... = 19,482.
- 78,54 × .... = 785,4.
- 0,004 8 × .... = 4,8.
- 91,3 × .... = 0,091 3.

4 On sait que 12 345 × 6 789 = 83 810 205.

Sans calculatrice, complète les produits.

- 123,45 × 678,9 = ...
- 12,345 × 6,789 = ...
- 123,45 × 67,89 = ...
- 1,234 5 × 678,9 = ...

Dans un produit de nombres décimaux, le nombre de décimales du produit est égal à la somme des nombres de décimales des facteurs.

Emballé, c'est pesé...

5 Eva et Sonia se sont rendues à la criée. Un grossiste a acheté 2 637 caisses de poissons qui sont mises en palettes de 120 caisses.

a **Combien de palettes complètes a-t-il achetées ?**

....

....

....

b **Combien manque-t-il de caisses pour compléter la dernière palette ?**

....

....

....

....

6 **Effectue les divisions suivantes jusqu'à obtenir une décimale au quotient.**

- 319 | 5
- 3 825 | 7

L'EXO COSTAUD

7 Paul a un « truc » pour trouver à quel jour de la semaine correspond une date de notre calendrier.

a Pour le 25 juillet 2010, il pose : $J = 25$, $M = 6$ (d'après le tableau ci-dessous) et $A = 2010$.

Il calcule ensuite Q le quotient de la division euclidienne de A par 4 et R le reste de cette division.

mois	valeur de M
janvier	0
février	3
mars	3
avril	6
mai	1
juin	4
juillet	6
août	2
septembre	5
octobre	0
novembre	3
décembre	5

- **Combien obtient-il pour Q et pour R ?**

....

- Il calcule $T = J + A + M + Q$. Si $R = 0$, il retire 1 à T pour les mois de janvier et de février. **Que vaut T ?**

....

- Il calcule enfin Z le reste de la division de T par 7. Pour $Z = 0$, c'est vendredi, pour $Z = 1$, c'est samedi, etc. **Quel jour de la semaine était le 25 juillet 2010 ?**

....

b **Quel jour de la semaine sera le 17 février 2028 ?**

....

....

Cerfs-

Le vent se lève !

1 Enzo, Sonia, Paul et Eva sont allés à la plage et ont passé la matinée le nez en l'air car, le vent ayant fait son apparition, de nombreux cerfs-volants dessinent des figures dans le ciel.

En mathématiques, un cerf-volant est un quadrilatère qui possède au moins un axe de symétrie.

Revois la définition d'un axe de symétrie à la page 18.

Complète les figures pour obtenir des cerfs-volants *RSTU* admettant la droite (*d*) comme axe de symétrie.

a

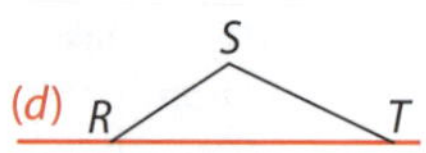

b

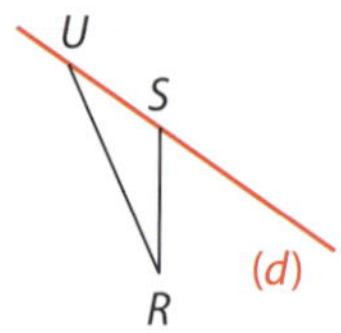

c

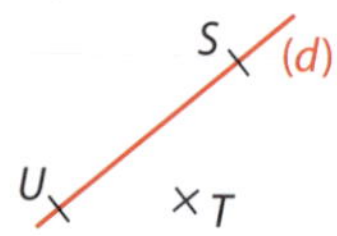

2 **Donne tous les noms possibles de ce quadrilatère.**

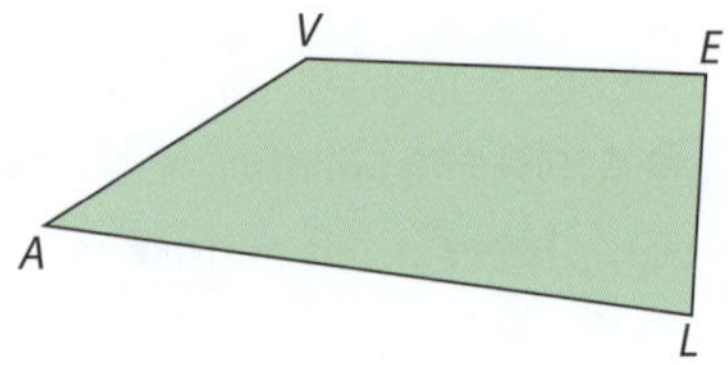

....

....

....

....

3 Voici un quadrilatère *GRIS*. **Complète les phrases.**

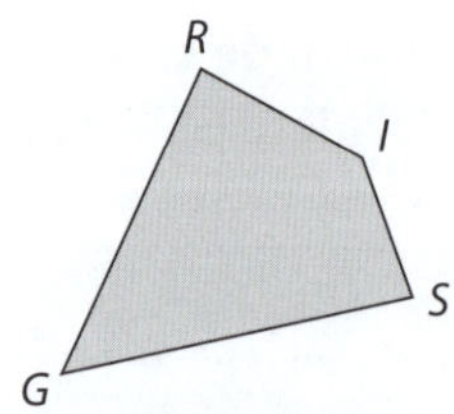

- .... et .... sont les diagonales.
- Un côté consécutif à [*RI*] est .... ou bien ....
- .... et .... sont deux côtés opposés, ainsi que .... et ....
- ...., ..., ... et .... sont les sommets du quadrilatère.

RAPPEL DE COURS

Définition d'un quadrilatère

- Un **quadrilatère** est une figure délimitée par 4 segments appelés côtés.
- Pour nommer un quadrilatère, on en fait le tour.

Ex.

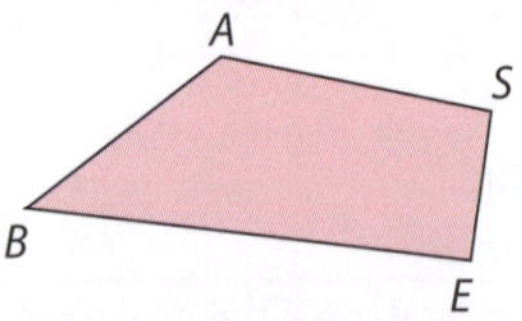

Ce quadrilatère peut être nommé, par exemple, *BASE*.

- Les points *B*, *A*, *S* et *E* sont les **sommets**.
- [*BS*] et [*AE*] sont les **diagonales** du quadrilatère.
- Les **côtés** [*BA*] et [*AS*] sont **consécutifs**, alors que les côtés [*BA*] et [*SE*] sont **opposés**.

Rectangle

Un quadrilatère avec 4 angles droits est un **rectangle**.
Il possède des diagonales de même milieu et de même longueur.
Il a deux axes de symétrie.

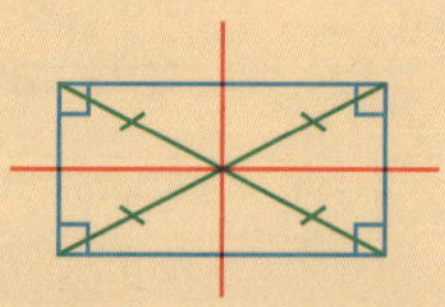

Losange

Un quadrilatère avec 4 côtés de même longueur est un **losange**.
Il possède des diagonales de même milieu et perpendiculaires.
Il a deux axes de symétrie.

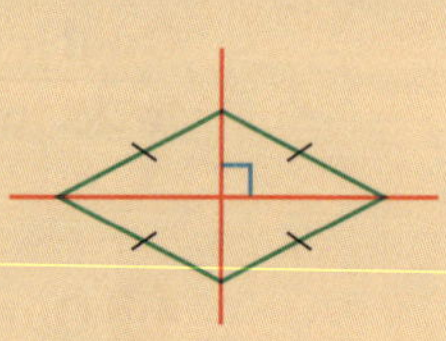

Carré

Un quadrilatère qui est à la fois un rectangle et un losange est un **carré**.

volants

4 Complète le raisonnement suivant.

Soit *RSTU* un rectangle et (*d*) la médiatrice de [*RS*].
(*d*) est la médiatrice d'un côté d'un rectangle ;

(*d*) est donc un ....

Les points *R* et *S* sont .... par rapport à (*d*), ainsi que

les points .... et ....

Les segments [*RT*] et .... sont symétriques par rapport à ....

Or, si deux segments sont symétriques, alors ....

....

Les diagonales [*RT*] et .... ont donc ....: *RT* = ...

Pas encore prêt à voler...

5 Sonia et Enzo ont décidé de réaliser chacun un cerf-volant en forme de losange. Ils décident d'en construire un dont les côtés mesurent 2,2 dm. Ils commencent par dessiner un modèle 10 fois plus petit.

a Combien mesure le côté du losange pour chaque modèle ?

....

....

b Complète chacun des deux modèles en nommant *ABCD* le losange.

- Modèle de Sonia avec *A* et *C* sur les demi-droites rouges.

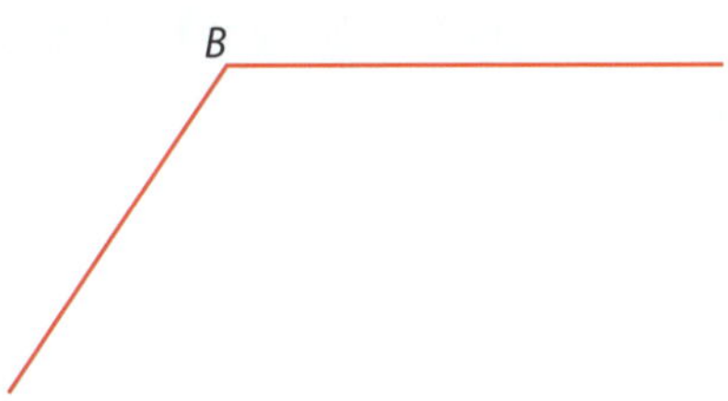

- Modèle d'Enzo qui commence par dessiner les extrémités *A* et *C*.

L'EXO MÉMO

6 Paul et Enzo ont trouvé le dessin ci-dessous formé de 9 petits carrés.

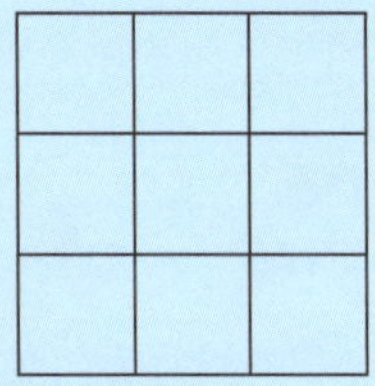

a Paul déclare qu'il peut dénombrer 14 carrés dans cette figure.

Complète ses calculs :

petits carrés :	....
moyens carrés :	+ ....
grand carré :	+ 1
Total :	**14**

b Enzo décide de compter les rectangles qui ne sont pas carrés.

Compte les rectangles par taille (1 × 2, 1 × 3, 2 × 3, etc.).

Combien en trouve-t-il ?

....

....

....

L'EXO RIGOLO

7 Je suis un quadrilatère avec un angle droit, deux diagonales de même milieu et deux côtés consécutifs de la même longueur.

Donne la nature de ce quadrilatère.

....

....

Une journée

Bonbons, caramels, chocolats...

1 Un vendeur ambulant pousse son chariot sur la plage. Il transporte 6 kg de boissons gazeuses ; 5 kg de bouteilles d'eau ; trois paquets de bonbons pesant 100 g chacun ; des sucettes pour 750 g ; de la guimauve pour 250 g ; 1,2 kg d'oranges ; deux paquets de caramels, de 850 g chacun ; 2 kg de glaces.

a • **Convertis en kg la masse des sucettes et la masse de la guimauve.**

....

....

• **Montre que les trois paquets de bonbons et les deux paquets de caramels ont une masse totale de 2 kg.**

....

b **Sachant que le chariot vide pèse 7 kg, quelle est la masse totale poussée par le vendeur ?**

....

....

2 **Classe ces longueurs de la plus longue à la plus courte.**

34 km 34 015 m 348 hm
34 070 000 mm 3 486,3 dam

Commence par convertir dans la même unité, par exemple en km.

....

....

....

3 *MNOP* est un rectangle avec *MN* = 7 cm, *NP* = 25 cm et *PM* = 24 cm.

a **Réalise un schéma en indiquant les points et les longueurs connues.**

RAPPEL DE COURS

Masse

Pour mesurer les masses, on utilise comme unité le **gramme (g)**, ainsi que ses multiples (kg qui est l'unité de base, hg, dag) et sous-multiples (dg, cg, mg).

Longueur

Pour mesurer les longueurs, on utilise comme unité de base le **mètre (m)**, ainsi que ses multiples (km, hm, dam) et sous-multiples (dm, cm, mm).

Changement d'unité

• Pour passer d'une unité de longueur (ou de masse) à celle qui lui est immédiatement supérieure, on multiplie par 0,1.
• Pour passer d'une unité de longueur (ou de masse) à celle qui lui est immédiatement inférieure, on multiplie par 10.

Ex. 45 m = 45 × 0,1 dam = 4,5 dam.
5,63 kg = 5,63 × 10 hg = 56,3 hg.

Périmètres

• Le **périmètre** d'une figure est la somme des longueurs de ses côtés.
• Le périmètre d'un rectangle de longueur *L* et de largeur *l* est : $2 \times (L + l)$.
• Le périmètre d'un carré de côté *a* est : $4\,a$.

Ex. Un rectangle de longueur *L* = 10 cm et de largeur *l* = 4 cm a un périmètre de : 2 × (10 + 4) cm = 28 cm.

en bord de mer

b • **Calcule le périmètre du triangle *MNP*.**

....

....

• **Calcule le périmètre du rectangle *MNOP*.**

....

....

C'est trop long !

4 Sur la figure ci-dessous, on sait que $BC = 2$ cm et $AD = 7$ cm.

a **Quelle est la longueur de [*AB*] ?**

....

b **Calcule la longueur *CD*.**

....

....

5 **Exprime chaque somme en mètre.**

a 3 km + 25 hm + 40 m

= ....

= ....

b 1,32 hm + 23,1 dam + 42,7 dm

= ....

= ....

6 Eva et Paul ont dessiné deux quadrilatères dont le périmètre est de 120 cm.

Le périmètre d'un carré de côté a est 4 a.

a Eva a dessiné un carré.

Calcule la longueur d'un de ses côtés.

....

....

b Paul a dessiné un rectangle dont la longueur est 50 cm.

Quelle est la largeur de son rectangle ?

....

L'EXO RIGOLO

7 Je suis un triangle et mes côtés mesurent 250 mm, 0,25 m et 2,5 dm.

En justifiant ta réponse, donne la nature de ce triangle.

....

....

L'EXO MÉMO

8 Voici le prix de différents articles. Il faut calculer leur prix au kilo.

Complète le tableau suivant.

produit	masse	prix	prix au kilo
pommes	1,2 kg	3,60 €	....
beurre	250 g	1,13 €	....
chocolat	300 g	2,40 €	....

L'EXO COSTAUD

9 Un commerçant a acheté 25 kg de fraises à 1,40 € le kilo.

a **Calcule sa dépense.**

....

b Dans la journée, il a vendu 80 % de ses fraises à 2,50 € le kilo. Le soir, il jette le reste qui s'est abîmé.

• **Calcule la masse des fraises vendues.**

....

• **Quel est le bénéfice du commerçant sur la vente des fraises ?**

....

....

QUIZ BILAN

Pour chacun des 6 exercices d'une séquence, coche la bonne réponse. Après avoir consulté les corrigés, inscris ton score sur 6 dans la case prévue à cet effet. Si tu totalises moins de 4 points, nous te conseillons de revoir la leçon correspondante.

9. Cercles (pp. 24-25)

1 Un segment qui joint deux points d'un cercle est toujours :

- ☐ **a. un rayon du cercle**
- ☐ **b. un diamètre du cercle**
- ☐ **c. une corde du cercle**

2 Quel segment n'est pas une corde du cercle ?

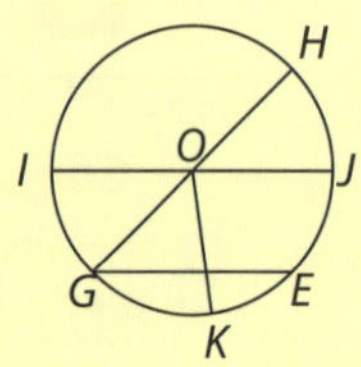

- ☐ **a. [*OK*]**
- ☐ **b. [*IJ*]**
- ☐ **c. [*GE*]**

3 Quel dessin correspond à la consigne : « Dessine un triangle *MNP* et le cercle de centre *M* passant par *N* » ?

☐ **a.**

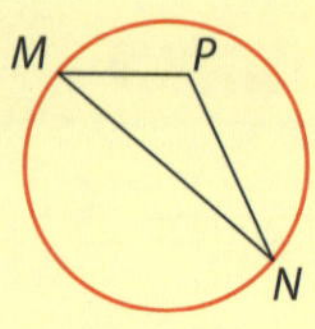

☐ **b.**

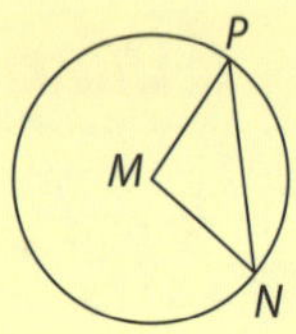

☐ **c.**

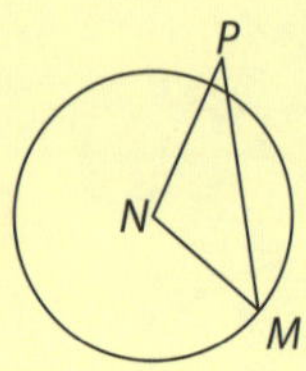

4 Quelle est la circonférence d'un cercle de rayon 5 cm ?

☐ **a. 5π cm** ☐ **b. 10π cm** ☐ **c. 31,4 cm**

5 Un cercle a pour circonférence 12π dm. Son diamètre est :

☐ **a. 3 dm** ☐ **b. 6 dm** ☐ **c. 12 dm**

6 Parmi les trois figures, laquelle a le plus grand périmètre ?

- ☐ **a. un cercle de rayon 3 cm**
- ☐ **b. un carré de côté 4 cm**
- ☐ **c. un triangle équilatéral de côté 6 cm**

Total Cercles .... /6

10. Multiplication - Division (pp. 26-27)

1 Sans effectuer le calcul, quel est le nombre de décimales du produit 32,7 × 97,129 ?

☐ **a. 1** ☐ **b. 3** ☐ **c. 4**

2 On sait que 431 × 369 = 159 039. Que vaut 43,1 × 3,69 ?

- ☐ **a. 15 903,9**
- ☐ **b. 1 590,39**
- ☐ **c. 159,039**

3 Sonia doit répartir équitablement 83 bonbons entre 9 personnes. Pour réaliser ce partage, elle doit effectuer :

- ☐ **a. une addition**
- ☐ **b. une multiplication**
- ☐ **c. une division**

4 Dans la division euclidienne de 45 par 6, le diviseur vaut :

☐ **a. 7** ☐ **b. 6** ☐ **c. 3**

5 Un octogone de périmètre 48 cm a ses huit côtés de la même longueur. Chaque côté mesure :

- ☐ **a. 6 cm**
- ☐ **b. 40 cm**
- ☐ **c. 384 cm**

6 Quelle division est fausse ?

☐ **a.**

1 964	3
16	654
14	
2	

☐ **b.**

375	7
25	53
4	

☐ **c.**

7 245	9
045	85
0	

Total Multiplication - Division .... /6

11. Quadrilatères particuliers
(pp. 28-29)

1 Parmi ces trois noms, lequel ne désigne pas ce quadrilatère ?

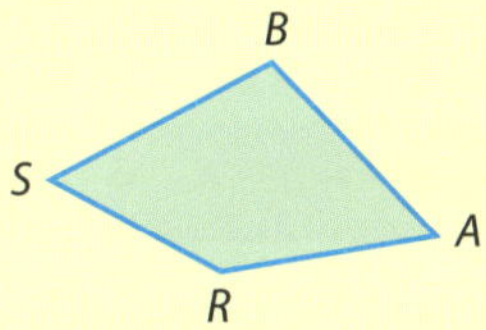

☐ a. ***RABS***
☐ b. ***SARB***
☐ c. ***SBAR***

2 Dans *BARS*, deux côtés opposés sont :

☐ a. **[*RA*] et [*BR*]**
☐ b. **[*SB*] et [*SR*]**
☐ c. **[*SB*] et [*RA*]**

3 Combien de rectangles, éventuellement carrés, sont cachés dans ce dessin ?

☐ a. **9**
☐ b. **8**
☐ c. **4**

4 La figure qui n'est pas un rectangle est la figure :

☐ **a.** ☐ **b.** ☐ **c.**

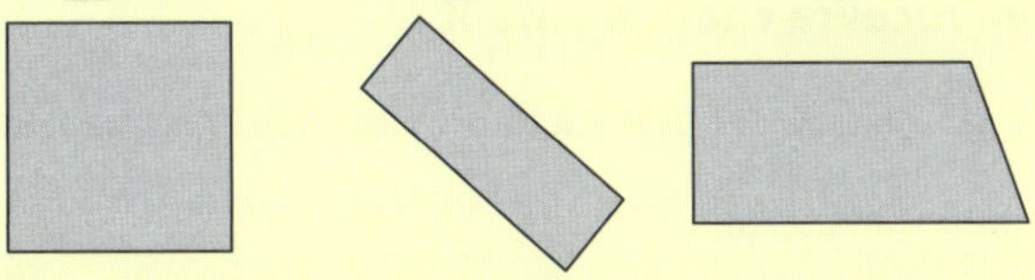

5 Je suis un quadrilatère avec trois angles droits et deux diagonales perpendiculaires. Je suis donc :

☐ a. **un rectangle non carré**
☐ b. **un losange non carré**
☐ c. **un carré**

6 Le nombre d'axes de symétrie d'un carré est :

☐ a. **4**
☐ b. **2**
☐ c. **1**

Total Quadrilatères particuliers .... /6

12. Masse - Longueur (pp. 30-31)

1 Que vaut 0,037 kg ?

☐ a. **3,7 g**
☐ b. **37 g**
☐ c. **370 g**

2 Quelle expression est égale à 0,045 dam ?

☐ a. **4,5 mm**
☐ b. **4,5 cm**
☐ c. **4,5 dm**

3 Laquelle des trois masses est la plus petite ?

☐ a. **65,8 dg**
☐ b. **645 cg**
☐ c. **6 447 mg**

4 Combien mesure le périmètre d'un rectangle de longueur 7 cm et de largeur 3 cm ?

☐ a. **10 cm**
☐ b. **20 cm**
☐ c. **21 dm**

5 Une baguette de 250 grammes coûte 0,75 euro. Quel est son prix au kilo ?

☐ a. **4 euros**
☐ b. **3 euros**
☐ c. **4,75 euros**

6 Laquelle des trois longueurs est la plus grande ?

☐ a. **65,6 dm**
☐ b. **655,8 cm**
☐ c. **6 543 mm**

Total Masse - Longueur .... /6

Anniversaire

Miam ! Miam !

1 Aujourd'hui, c'est l'anniversaire d'Eva ! Elle a invité ses trois amis Enzo, Sonia et Paul ainsi que cinq autres camarades à son goûter sur la plage. Éva a 18 bonbons à la fraise, 10 friandises au citron, 25 minicakes, 27 petits gâteaux au chocolat et 9 petits pots de glace.

a **Combien d'enfants y a-t-il au goûter ?**

....

b • **Quelles sont les sucreries qui peuvent être équitablement partagées entre eux ?**

Pense aux critères de divisibilité.

....

....

....

• **Pour ces sucreries distribuées équitablement, combien en recevra chaque enfant ?**

....

....

2 **a** **Complète chaque case du tableau suivant en inscrivant « oui » ou « non ».**

le nombre... est-il	6 432	2 025	6 830	936	1 234 567 890	123	165
multiple de 2 ?	....	....	....	......	....	......	......
multiple de 3 ?	....	....	....	......	....	......	......
multiple de 5 ?	....	....	....	......	....	......	......
multiple de 9 ?	....	....	....	......	....	......	......

b Parmi les nombres du tableau :

• **quels sont les multiples de 6, c'est-à-dire les nombres multiples de 2 et de 3 ?**

....

....

• **quels sont les multiples de 15, c'est-à-dire les nombres multiples de 3 et de 5 ?**

....

....

RAPPEL DE COURS

Critères de divisibilité

• Un nombre entier est **divisible par 2** s'il se termine par 0, par 2, par 4, par 6 ou par 8.

• Un nombre entier est **divisible par 5** s'il se termine par 0 ou par 5.

• Un nombre entier est **divisible par 10** s'il se termine par 0.

• Un nombre entier est **divisible par 3** si la somme de ses chiffres est divisible par 3.

• Un nombre entier est **divisible par 9** si la somme de ses chiffres est divisible par 9.

• Un nombre entier est **divisible par 4** si le nombre formé par ses deux derniers chiffres est lui-même divisible par 4.

Ex. 6 420 est divisible par 2, par 5 et par 10, car il se termine par un 0.
De plus, la somme de ses chiffres est 6 + 4 + 2 + 0, soit 12.
12 est divisible par 3, donc 6 420 est aussi divisible par 3.
12 n'est pas divisible par 9, donc 6 420 n'est pas divisible par 9.
Comme 20 est divisible par 4, 6 420 est aussi divisible par 4.

Multiple d'un entier

Être divisible par un nombre entier, c'est être **multiple** de cet entier.

Ex. 2 divise 136, donc 136 est un multiple de 2.

sur la plage

• **quels sont les multiples de 30, c'est-à-dire les nombres multiples de 2, de 3 et de 5 ?**

....

....

c • **Comment peut-on repérer dans le tableau les multiples de 45 ?**

....

....

• **Donne les multiples de 45 figurant dans le tableau.**

....

....

Tout là-haut...

3 **Complète les phrases à l'aide de *multiple* ou de *diviseur*.**

a 77 est un .... de 11.

b 5 est un .... de 195.

c 7 est un .... de 21.

d 3 546 est un .... de 2 et de 9.

4 **Dire si c'est vrai ou faux.**

a 2 015 est un multiple de 5 : ....

b 4 687 est un multiple de 3 : ....

c 1 936 est divisible par 4 : ....

5 Après le goûter, Eva propose de grimper en haut du phare pour admirer le coucher de soleil à l'horizon.
Il faut gravir 75 marches pour arriver au sommet du phare. Eva décide de les monter 2 par 2 et Paul 3 par 3. Enzo est fier de les monter 4 par 4 ; quant à Sonia, très sportive, elle les monte 5 par 5 !

Lesquels arriveront exactement sur la dernière marche ?

....

....

....

....

L'EXO RIGOLO

6 Un nombre entier supérieur à 1 est dit *premier* s'il ne possède pas d'autres diviseurs que 1 et lui-même. Paul a déniché une méthode, le « crible d'Ératosthène », pour obtenir les nombres premiers jusqu'à 100.
Pour cela, il utilise le tableau suivant.

X	2	3	4	5	6	7	8	9	10
11	12	13	14	15	16	17	18	19	20
21	22	23	24	25	26	27	28	29	30
31	32	33	34	35	36	37	38	39	40
41	42	43	44	45	46	47	48	49	50
51	52	53	54	55	56	57	58	59	60
61	62	63	64	65	66	67	68	69	70
71	72	73	74	75	76	77	78	79	80
81	82	83	84	85	86	87	88	89	90
91	92	93	94	95	96	97	98	99	100

a **Entoure le premier nombre non barré ou non entouré, puis barre tous ses multiples.**

b **Recommence trois fois la consigne de la question a .**

c **Vérifie qu'il reste 25 nombres non barrés et donnes-en la liste :** ce sont les nombres premiers inférieurs à 100.

....

....

L'EXO COSTAUD

7 Je suis un entier compris entre 10 et 100.
En m'ajoutant 1, je deviens multiple de 2.
En m'ajoutant 2, je deviens multiple de 3.
En m'ajoutant 3, je deviens multiple de 4.
En m'ajoutant 4, je deviens multiple de 5.

Qui suis-je ?

....

La fête

Une journée inoubliable…

1 L'animation bat son plein dans la station balnéaire. Une fête foraine s'est installée avec ses stands de jeux, ses manèges, sa musique…
De nombreuses banderoles avec des drapeaux triangulaires ont été accrochées. Eva les a observées et a constaté que tous les triangles étaient des triangles isocèles.
Complète à la règle et au compas la banderole ci-dessous sachant que tous les triangles ont les mêmes dimensions et qu'un triangle sur deux est rouge, les autres étant verts.

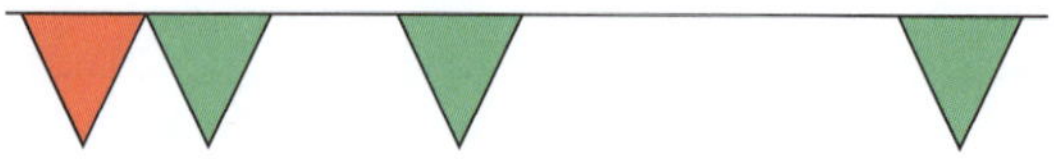

2 **a** • **Nomme le côté opposé à *N* dans le triangle à bords rouges ci-dessous.**

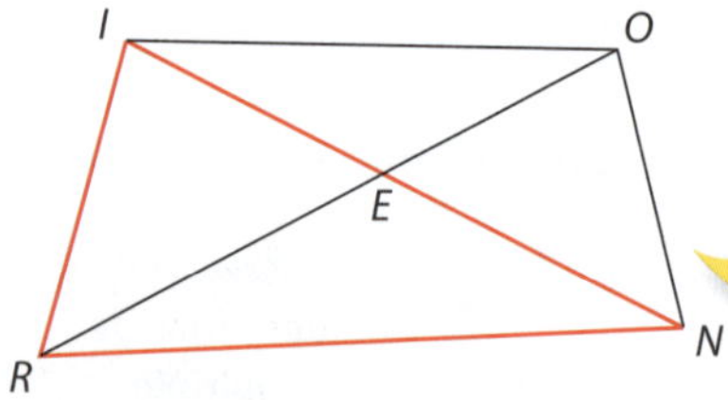

Le côté opposé à un sommet est le côté dont les deux autres sommets sont les extrémités.

....

• **Donne les six noms possibles du triangle à bords rouges.**

....

b • **Donne le nombre de triangles de cette figure.**

....

• **Donne un nom possible à chacun de ces triangles.**

....

Histoire de triangles !

3 On veut construire un triangle *EFG* rectangle en *E* tel que *FG* = 5 cm et *EG* = 4 cm.

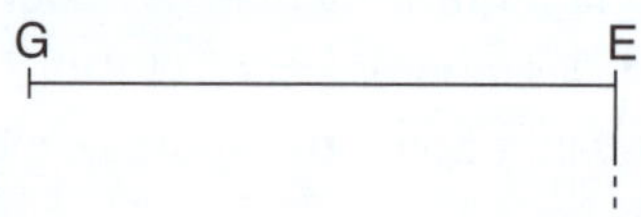

RAPPEL DE COURS

Définition d'un triangle

- Un **triangle** est une figure à trois côtés.
- Les **sommets** du triangle sont les points communs à deux côtés.
- Le **côté opposé** à un sommet est le côté dont les deux autres sommets sont les extrémités.

Ex.

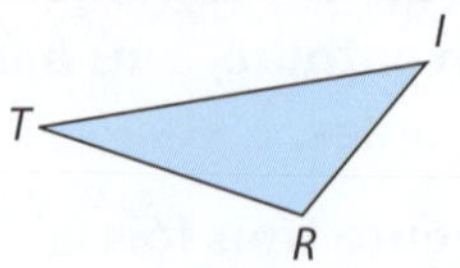

TRI est un triangle de sommets *T*, *R* et *I*.
Le côté opposé à *I* est [*TR*].

Triangle rectangle

Un triangle **rectangle** est un triangle qui a un angle droit.

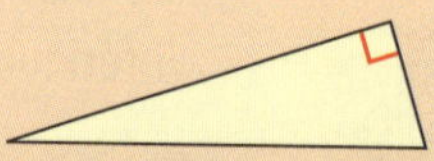

Triangle isocèle

- Un triangle **isocèle** est un triangle qui a deux côtés de même longueur.
- Un triangle isocèle possède deux angles de même mesure.

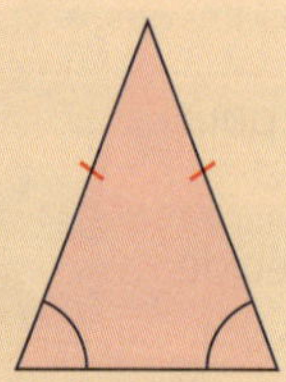

Triangle équilatéral

- Un triangle **équilatéral** est un triangle qui a ses trois côtés de même longueur.
- Dans un triangle équilatéral, chaque angle mesure 60°.

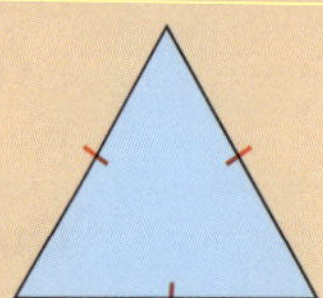

foraine

a Quels instruments faut-il employer ?

....

b Termine la construction de ce triangle.

c Mesure la longueur *FE* et calcule le périmètre de *EFG*.

....

....

4 a Trace un cercle de centre *A*, puis un rayon [*AB*].

b Place un point *C* sur le cercle, non aligné avec *A* et *B*.

• Quelle est la nature du triangle *ABC* ? Justifie ta réponse.

....

....

....

c Place les points *D* et *E* tels que les triangles *ABD* et *ABE* soient rectangles et isocèles en *A*.

5 a Réalise la construction suivante :

- trace une droite (*d*) avec un point *E* sur (*d*) ;
- trace la droite (*d'*) perpendiculaire à (*d*) en *E* ;
- place sur (*d'*) un point *Q* à 2 cm de *E* ;
- construis le point *U* symétrique de *Q* par rapport à (*d*) ;
- dessine un arc de cercle de centre *Q* qui passe par *U* et qui recoupe (*d*) en un point *I* ;
- trace les côtés du triangle *QUI*.

b Donne la nature du triangle *QUI* en justifiant ta réponse.

....

....

....

• Calcule le périmètre du triangle *QUI*.

....

....

L'EXO RIGOLO

6 Au Tangram'stand, pour une mise de 1 €, on gagne un lot si l'on réalise une figure tirée au hasard en utilisant la totalité des sept pièces ci-dessous.

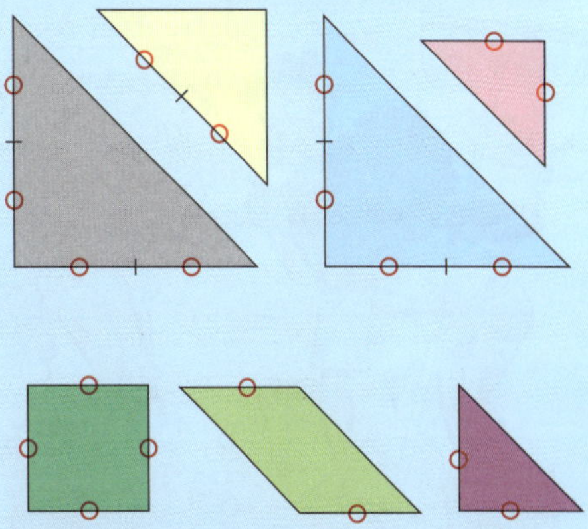

Sonia tente sa chance et doit construire un triangle rectangle isocèle.

Pour aider Sonia, reconstitue la figure dans l'espace ci-dessous.

Décalque les différentes pièces et découpe-les pour faire une sorte de puzzle.

À la pêche

RAPPEL DE COURS

Définition d'une fraction

Le quotient de la division d'un entier a par un entier b non nul se note $\frac{a}{b}$: c'est une **fraction**.

a est le **numérateur** de la fraction et b est le **dénominateur**.

Fractions égales

Deux fractions sont égales quand on passe de l'une à l'autre en multipliant (ou en divisant) le numérateur et le dénominateur par le même nombre non nul.

Ex. Simplification de $\frac{27}{33}$: $\frac{27}{33} = \frac{3 \times 9}{3 \times 11} = \frac{9}{11}$.

$\frac{27}{33}$ et $\frac{9}{11}$ sont deux fractions égales.

Fraction d'un nombre

Prendre une fraction d'un nombre, c'est multiplier cette fraction par le nombre.

Ex. Les trois quarts de 60 sont :

$\frac{3}{4} \times 60 = \frac{3 \times 60}{4} = \frac{3 \times 15 \times 4}{4} = 3 \times 15 = 45.$

Une belle récolte !

1 Sonia, Paul, Enzo et Eva sont allés de bonne heure à la pêche aux coquillages. À eux quatre, ils en ont rapporté 120. Sonia en a ramassé 32, Paul 25 et Enzo 33.

a **Combien Eva en a-t-elle ramassé ?**

....

....

b **Exprime, à l'aide d'une fraction, la part du total des coquillages que chacun des quatre amis a ramassés. Simplifie chacune des fractions.**

....

....

....

....

2 **Pour chaque fraction, colorie la partie correspondante sur le dessin.**

a $\frac{5}{8}$ **b** $\frac{7}{8}$ **c** $\frac{13}{24}$

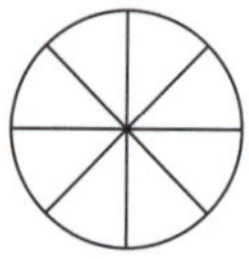

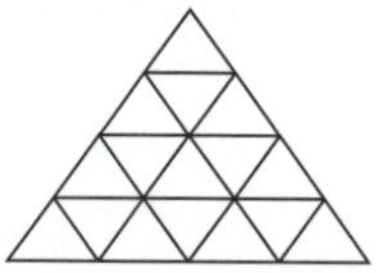

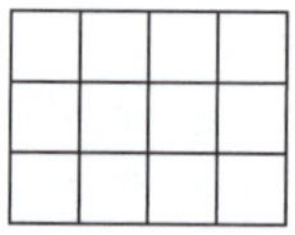

Dans le triangle, 2 petits triangles correspondent à un huitième. Dans le rectangle, un vingt-quatrième correspond à une demi-case.

3 **Écris pour chaque fraction sa valeur décimale.**

a $\frac{7}{10}$ = ... **b** $\frac{1}{4}$ = ...

c $\frac{1\,003}{20}$ = ... **d** $\frac{13}{5}$ = ...

aux coquillages

(e) $\frac{33}{6}=$ .... (f) $\frac{35}{14}=$ ....

(g) $\frac{55}{22}=$ .... (h) $\frac{45}{18}=$ ....

Tous égaux ?

4 Traduis chaque expression par une écriture fractionnaire.

(a) Quarante et un centièmes = ...

(b) Onze douzièmes = ...

(c) Treize cinquièmes = ...

(d) Cent vingt-sept demis = ...

(e) Cinq quarts = ...

(f) Trente-deux tiers = ...

5 Complète les égalités.

(a) $\frac{2}{5}=\frac{2\times ......}{5\times 7}=\frac{......}{......}$. (b) $\frac{7}{5}=\frac{......\times ......}{5\times 4}=\frac{......}{......}$.

(c) $\frac{11}{2}=\frac{......\times ......}{......\times ......}=\frac{44}{8}$. (d) $\frac{5}{7}=\frac{5\times 7}{7\times ......}=\frac{......}{......}$.

(e) $\frac{11}{3}=\frac{11\times 5}{......\times ......}=\frac{......}{......}$. (f) $\frac{7}{2}=\frac{......\times ......}{......\times ......}=\frac{35}{......}$.

6 En utilisant les critères de divisibilité (ils sont rappelés page 34)**, simplifie les fractions comme dans l'exemple.**

(a) $\frac{55}{15}=\frac{5\times ......}{......\times ......}=\frac{......}{......}$.

(b) $\frac{243}{72}=\frac{......\times ......}{......\times ......}=\frac{......}{......}$.

(c) $\frac{164}{116}=\frac{4\times ......}{4\times ......}=\frac{......}{......}$.

Un exemple : $\frac{27}{36}=\frac{3\times 9}{4\times 9}=\frac{3}{4}$.

L'EXO MÉMO

7 Ton cahier de vacances a dix-huit leçons. Les chapitres de « Géométrie » en représentent la moitié ; un neuvième des chapitres concerne la partie « Organisation et gestion de données » ; un autre neuvième relève des « Grandeurs et mesures » ; les leçons restantes portent sur les « Nombres et calculs ».

Calcule le nombre de chapitres de chacune des quatre catégories.

....

....

....

....

L'EXO COSTAUD

8 Parmi les 120 coquillages ramassés par les quatre amis, on a :

- $\frac{1}{4}$ de couteaux.
- $\frac{1}{6}$ de chapeaux chinois.
- $\frac{3}{20}$ de moules.
- $\frac{2}{15}$ de bulots.

Trouve le nombre de coquillages ramassés pour chacune des quatre catégories.

....

....

....

....

Concours

On construit sur du sable...

1 Il y a un concours d'œuvres d'art organisé sur la plage. Chaque candidat réalise une sculpture en sable dont la surface occupée au sol ne doit pas dépasser 1 mètre carré.

a Paul a élevé une sculpture représentant un phoque sur un rectangle qui mesure 1,2 m de long sur 0,8 m de large.
Calcule l'aire de ce rectangle.

....

b • Eva a bâti un très joli château de sable rectangulaire. Il mesure 150 cm de long et 70 cm de large.
• **Calcule, en cm², l'aire occupée par le château.**

....

• Eva était fière de sa construction et certaine de gagner un prix. Mais elle est déçue, car son château a été refusé par le jury.
Justifie la décision du jury.

....

....

2 **Complète les égalités.**

a 53,5 hm² = ... m².

b 167,22 m² = ... dam².

c 123 405 mm² = ... dm².

d 3,4 ha = ... m².

e 150 000 000 cm² = ... km².

f 373 440 dam² = ... a.

g 12 cm² = ... m².

h 1 542 dm² = ... dam².

Utilise le tableau en écrivant 2 chiffres par colonne et la virgule à droite dans la colonne.

km²	hm² ha	dam² a	m² ca	dm²	cm²	mm²

RAPPEL DE COURS

Définition d'une aire

Une **aire** est la mesure d'une surface à l'aide d'une unité.

Unités

• On utilise le **mètre carré**, noté **m²**, comme unité d'aire, ainsi que ses multiples (km², hm², dam²) et sous-multiples (dm², cm², mm²).
• Pour passer d'une unité à celle immédiatement supérieure, on multiplie par 0,01 et pour passer d'une unité à celle immédiatement inférieure, on multiplie par 100.

Ex. 12 m² = 1 200 dm².

• Pour les mesures de terrains, on emploie aussi l'hectare (ha), l'**are** (**a**) et le centiare (ca).
On a : 1 a = 100 m².

Formulaire

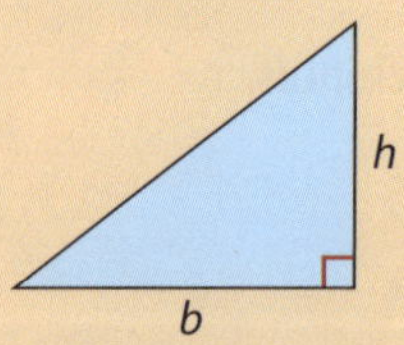

triangle rectangle

$a = \dfrac{b \times h}{2}$

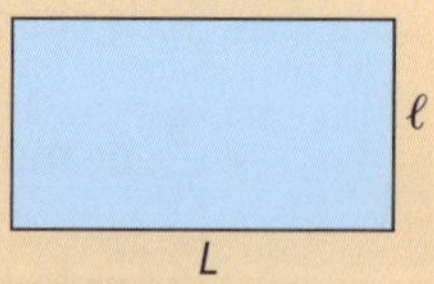

rectangle

$a = L \times \ell$

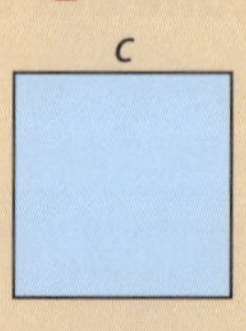

carré

$a = c \times c$

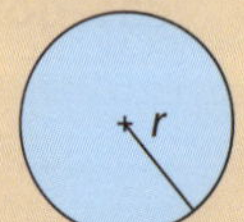

$a = \pi \times r \times r$

avec $\pi \approx 3{,}141\,592\,65$

Ex. Un triangle de base $b = 3$ cm et de hauteur $h = 4$ cm a pour surface : $\dfrac{3 \times 4}{2} = 6$ cm².

sur la plage

On ne manque pas d'aire !

3 Un disque a un diamètre de 20 cm.
En prenant 3,14 pour π, calcule son aire.

....

....

....

4 Une villa de vacances est bâtie sur un terrain rectangulaire *ABCD*. Cette maison a une forme carrée *AEFG* et le reste du terrain est une belle pelouse. On a : *AB* = 40 m, *AD* = 30 m et *AE* = 13 m. On souhaite calculer l'aire de la pelouse de deux manières.

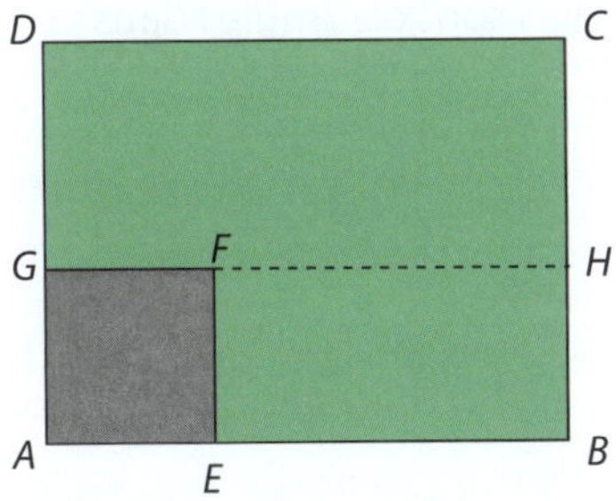

a Première méthode par différence

- **Calcule l'aire du rectangle *ABCD*.**

....

- **Calcule l'aire du carré *AEFG*.**

....

- **Déduis-en l'aire de la pelouse.**

....

....

b Seconde méthode par somme

- **Calcule les longueurs *GD* et *EB*.**

....

....

- **Calcule l'aire du rectangle *CDGH*.**

....

- **Calcule l'aire du carré *BEFH*.**

....

- **Déduis-en l'aire de la pelouse.**

....

....

L'EXO MÉMO

5 Un triangle rectangle a un périmètre de 56 cm ; son plus grand côté mesure 25 cm et son plus petit côté 7 cm.

a **Calcule la longueur du troisième côté.**

....

....

b **Calcule son aire.**

....

....

Repère bien les côtés de l'angle droit.

L'EXO COSTAUD

6 Le premier prix du concours a été remporté par Enzo et Sonia qui ont réalisé une scène représentant une otarie dans le triangle *PON* et son bébé dans le triangle *MON*.

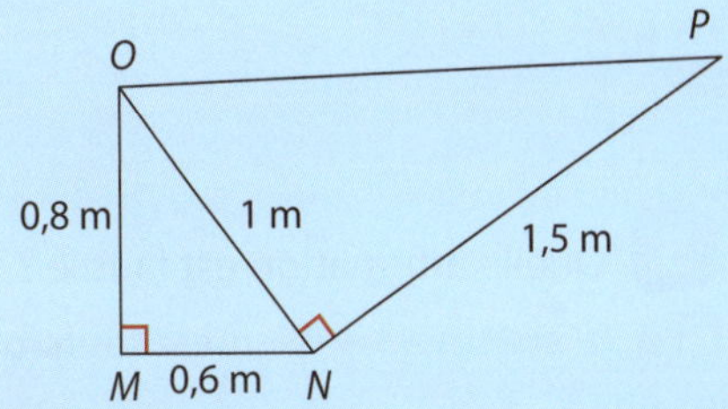

a • **Calcule l'aire du triangle *PON*.**

....

....

• **Calcule l'aire du triangle *MON*.**

....

....

b **Pourquoi l'œuvre d'Enzo et Sonia a-t-elle été acceptée par le jury ?**

....

....

QUIZ BILAN

Pour chacun des **6** exercices d'une séquence, coche la bonne réponse. Après avoir consulté les corrigés, inscris ton score sur **6** dans la case prévue à cet effet. Si tu totalises moins de **4** points, nous te conseillons de revoir la leçon correspondante.

13. Multiples - Diviseurs (pp. 34-35)

1 Le nombre 7 835 est divisible par :

☐ **a. 2** ☐ **b. 3** ☐ **c. 5**

2 Un multiple de 5 est :

☐ **a. 55 514**
☐ **b. 88 842**
☐ **c. 67 890**

3 Un nombre divisible à la fois par 4 et par 5 peut être :

☐ **a. 315**
☐ **b. 7 260**
☐ **c. 524**

4 Un nombre divisible à la fois par 2 et par 3 est aussi divisible par :

☐ **a. 4**
☐ **b. 5**
☐ **c. 6**

5 Quelle affirmation est fausse ?

☐ **a. la somme $3 + 4 + 5$ est divisible par 3, par 4 et par 5**
☐ **b. le produit $3 \times 4 \times 5$ est divisible par 3, par 4 et par 5**
☐ **c. l'expression $3 \times 5 + 4$ n'est divisible ni par 3, ni par 4, ni par 5**

6 Le nombre 71• est divisible par 2 et par 3 si son chiffre des unités est :

☐ **a. 2**
☐ **b. 3**
☐ **c. 4**

Total Multiples - Diviseurs .... /6

14. Triangles (pp. 36-37)

1 *ABC* est un triangle isocèle en *A*, avec *AB* = *BC*. *ABC* est :

☐ **a. simplement isocèle en *A***
☐ **b. isocèle et rectangle en *A***
☐ **c. équilatéral**

2 Combien de triangles sont dissimulés dans la figure ?

☐ **a. 6**
☐ **b. 7**
☐ **c. 8**

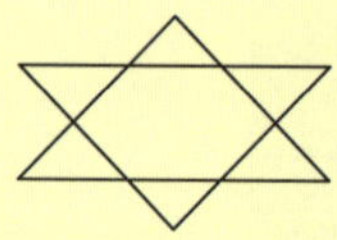

3 Le triangle *ABC* est :

☐ **a. isocèle en *B***
☐ **b. isocèle en *A***
☐ **c. équilatéral**

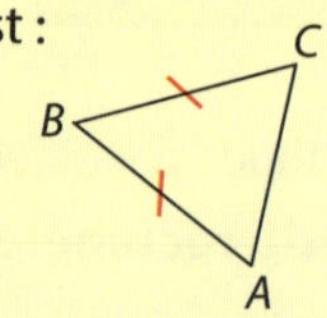

4 *MNO* est un triangle isocèle de périmètre 14 cm, avec *MN* = 4 cm. Alors, *MO* vaut :

☐ **a. 4 cm** ☐ **b. 6 cm**
☐ **c. on ne peut savoir si c'est 4 ou 6**

5 Un dessin représentant un triangle *AZE* rectangle en *Z*, avec *AZ* = 2 cm et *AE* = 3 cm peut être :

☐ **a.**

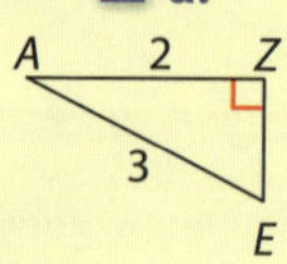

☐ **b.**

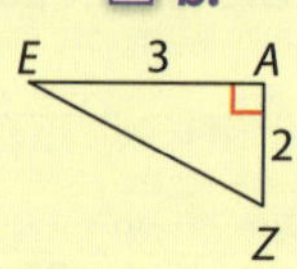

☐ **c.**

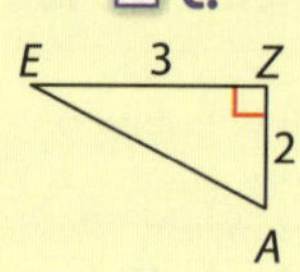

6 *TIR* est un triangle, avec *TI* = *IR* = 7 cm et un périmètre de 21 cm. *TIR* est :

☐ **a. équilatéral**
☐ **b. simplement isocèle en *I***
☐ **c. isocèle rectangle**

Total Triangles .... /6

15. Fractions (pp. 38-39)

1 Quelle fraction est égale au nombre 0,37 ?

☐ a. $\frac{37}{100}$ ☐ b. $\frac{37}{10}$ ☐ c. $\frac{3,7}{10}$

2 Quelle fraction est représentée par la partie coloriée du dessin ?

☐ a. $\frac{4}{12}$

☐ b. $\frac{5}{12}$

☐ c. $\frac{6}{14}$

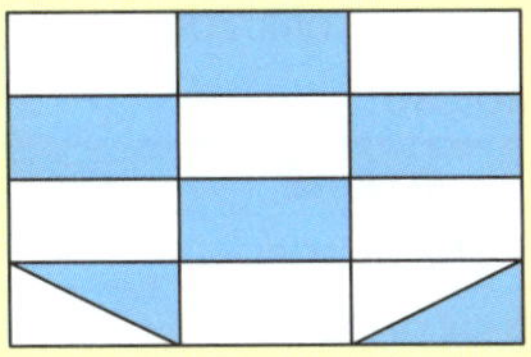

3 Quelle fraction est égale à $\frac{3}{4}$?

☐ a. $\frac{37}{47}$ ☐ b. $\frac{27}{36}$ ☐ c. $\frac{4}{3}$

4 Quelle fraction n'est pas égale à 0,7 ?

☐ a. $\frac{7}{10}$ ☐ b. $\frac{82}{117}$ ☐ c. $\frac{91}{130}$

5 Que valent les trois septièmes de 35 ?

☐ a. environ 0,428

☐ b. 15

☐ c. 105

6 De quel calcul 24 n'est-il pas le résultat ?

☐ a. $\frac{4}{5} \times 6$

☐ b. $\frac{8}{7} \times 21$

☐ c. $\frac{12}{5} \times 10$

Total Fractions .... /6

16. Aires (pp. 40-41)

1 1 m^2 est égal à :

☐ a. 100 cm^2

☐ b. 100 dm^2

☐ c. 10 dm^2

2 Que vaut l'aire du triangle ?

☐ a. 3

☐ b. 0,875

☐ c. 0,84

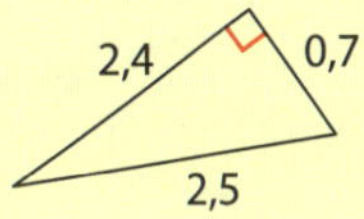

3 1 hectare est égal à :

☐ a. 100 m^2.

☐ b. 10 000 m^2.

☐ c. 1 000 000 m^2

4 Que vaut 5 m × 2 cm ?

☐ a. 10 m^2

☐ b. 10 cm^2

☐ c. 10 dm^2

5 Quelle est la valeur de l'aire de la partie coloriée ?

☐ a. 4 cm^2

☐ b. 5 cm^2

☐ c. 6 cm^2

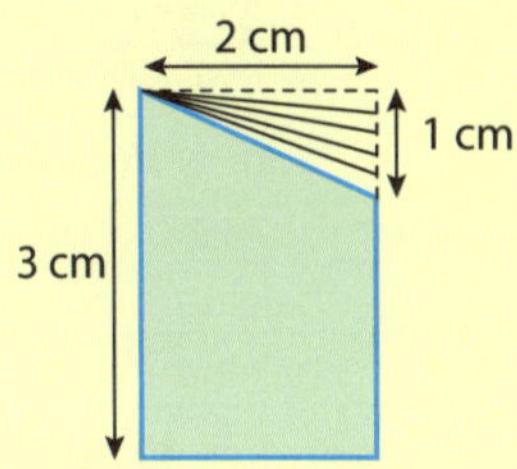

6 Avec *AB* = 20 cm et *AD* = 3 dm, l'aire d'un rectangle *ABCD* est égale à :

☐ a. 60 cm^2

☐ b. 60 dm^2

☐ c. 6 dm^2

Total Aires .... /6

Des vacances

Après-midi au soleil !

1 Sonia a fait le bilan de ses après-midi passés à la plage et dressé ce tableau :

activité	nombre de jours
baignade	22
jeux de ballons	17
bronzette	13
constructions en sable	11
lecture	7
bavardage avec ses amies	15

a • **Combien de fois Sonia a-t-elle fait bronzette ?**

....

• **Quelle est l'activité la plus pratiquée par Sonia ? la moins pratiquée ?**

....

....

b **Complète le diagramme ci-dessous qui représente les activités de Sonia.**

2 On a interrogé 60 jeunes sur leur activité de plage favorite : 30 ont répondu « baignade », 15 « jeux de ballons », 10 « bronzette » et 5 « lecture ».

Lequel des diagrammes circulaires représente cette situation ? Justifie ta réponse.

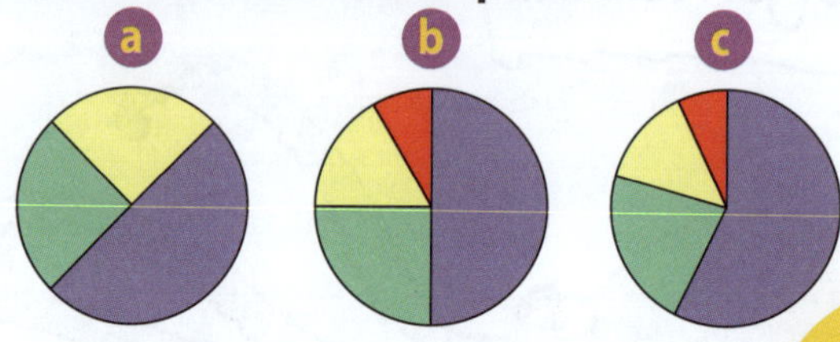

....

....

Souviens-toi que 30 est la moitié de 60 !

RAPPEL DE COURS

Tableau

Un **tableau** permet de présenter des données de manière rassemblée.

Ex. Le tableau suivant donne les ordres de grandeur des populations de quelques espèces de baleines.

espèce	population mondiale
rorqual à museau pointu	578 000
rorqual commun	120 000
autres rorquals	163 000
baleine grise	**17 000**
baleine franche	12 000
baleine à bosse	10 000

Il y a environ **17 000** baleines grises dans le monde.

Diagramme en rectangles

On peut utiliser des **diagrammes en rectangles** pour représenter des données : les hauteurs des rectangles sont alors proportionnelles aux valeurs.

Ex.

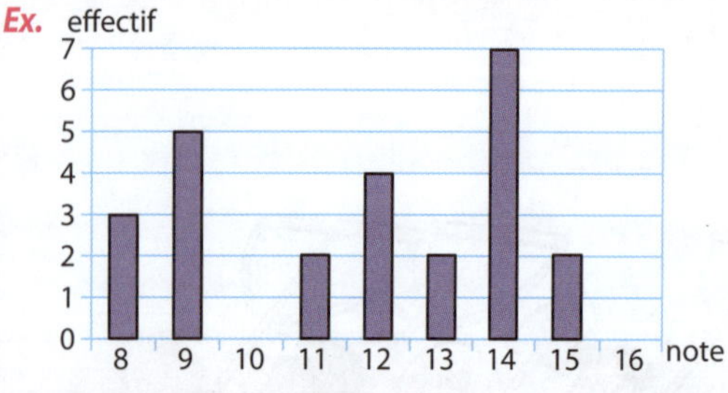

La note 9 a été donnée 5 fois.

Représentation en courbe

Quand les deux grandeurs sont des nombres, on peut utiliser une **représentation en courbe**.

Attention ! Dans ce cas, il faut faire des graduations régulières et légender les axes.

bien remplies !

La météo des plages

3 Paul a noté pendant 15 jours la température à 16 heures. Il a tracé la courbe ci-contre :

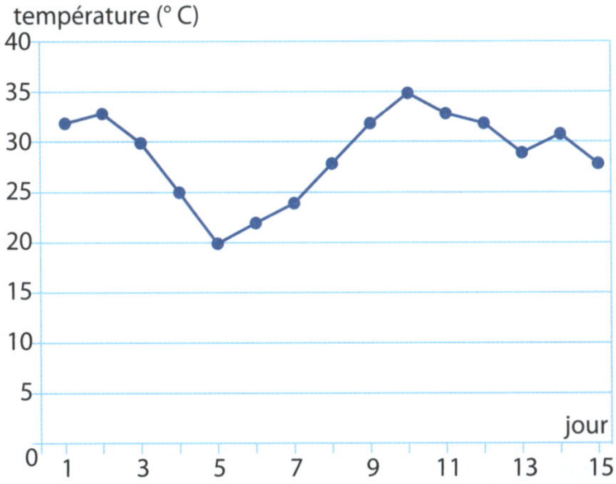

a • **Quelle est la température maximale ?**

....

• **Au bout de combien de jours Paul a-t-il noté cette température ?**

....

b **Pendant combien de jours la température a-t-elle été supérieure ou égale à 30 °C ?**

....

c **Quel écart y a-t-il entre la température la plus élevée et la plus basse ?**

....

....

4 Enzo a fait bouillir de l'eau, puis l'a fait refroidir. Il a relevé l'évolution de la température en fonction du temps et obtenu :

temps (en min)	0	10	20	30	40	50	60
température (en °C)	100	80	65	52	42	34	30

Choisis deux échelles de graduation qui te permettront de placer les plus grandes valeurs.

Représente ces données par une courbe.

L'EXO COSTAUD

5 Voici le jeu des reines : sur un échiquier, on place au départ la reine (R) dans le coin supérieur droit. À tour de rôle, chaque joueur peut la déplacer vers le bas, vers la gauche ou en diagonale vers le bas et vers la gauche, d'autant de cases qu'il le veut. Le premier arrivé sur la case marquée d'une croix a gagné.

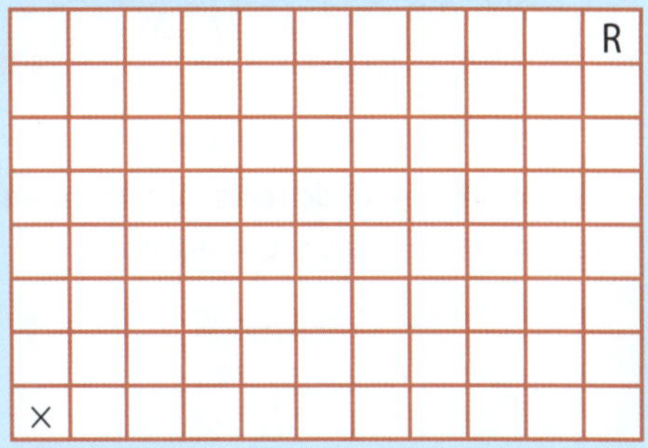

a **Colorie en rouge** les cases perdantes en un coup, c'est-à-dire les cases sur lesquelles si un joueur joue, alors son adversaire gagne en un seul coup.

b **Colorie en vert foncé** les deux cases gagnantes sur lesquelles on peut jouer pour obliger l'adversaire à jouer sur une case rouge.

c • Sont perdantes toutes les cases qui permettent à l'adversaire de jouer sur une case verte. **Colorie en orange ces cases.**

• Sont gagnantes toutes les cases qui obligent l'adversaire à jouer sur une case rouge ou orange. **Colorie en vert clair** deux nouvelles cases gagnantes.

d En complétant le coloriage comme à la question c, **montre que le joueur qui commence est gagnant.**

....

....

Souvenirs

RAPPEL DE COURS

Parallélépipède rectangle

• Un **parallélépipède rectangle**, ou **pavé droit**, est un solide délimité par six rectangles.

Ex.

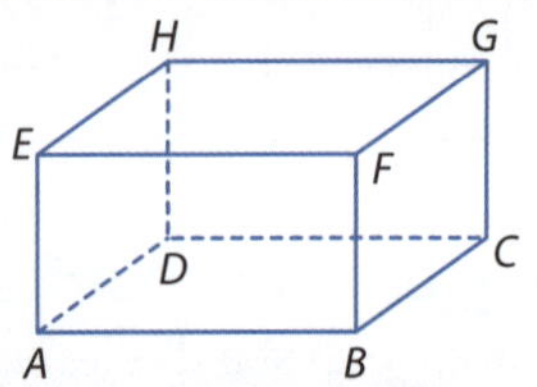

• Le solide *ABCDEFGH* ci-dessus est un pavé droit :
– *A, B, C… H* sont ses **sommets** ;
– les rectangles *ABCD, BCGF…* sont ses **faces** ;
– les segments [*AB*], [*BC*]… [*DH*] sont ses **arêtes**.

Cube

Un **cube** est un pavé droit dont toutes les faces sont des carrés.

Perspective cavalière

La représentation ci-dessus du pavé droit est une perspective cavalière. Les faces avant *ABFE* et arrière *DCGH* sont en vraie grandeur. Les autres faces sont déformées, le parallélisme est conservé et les arêtes cachées sont représentées en pointillé.

Patron d'un solide

Un **patron** est le dessin d'un seul tenant de toutes les faces d'un solide qui, après découpage et pliage, donne le solide.

Ex. Patron d'un cube

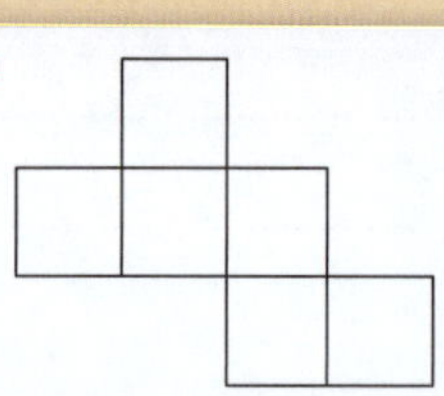

Des cadeaux, des cadeaux…

1 Paul a acheté un petit souvenir pour son ami Théo. C'est un cube dont voici quatre vues :

Paul réalise un patron de ce solide.

Termine le coloriage du patron.

Suis les vues de la droite vers la gauche pour retrouver les couleurs.

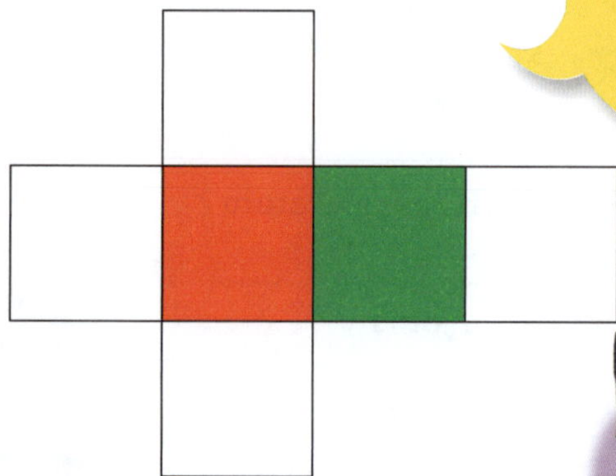

2 Voici des perspectives cavalières de paquets cadeaux.

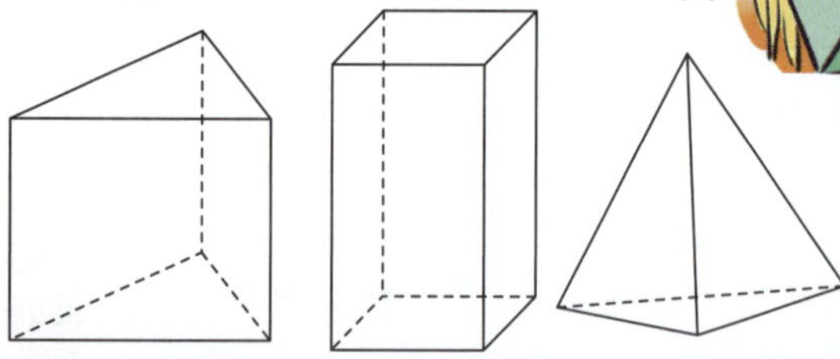

a **Quel cadeau est un pavé droit ?**

....

....

b On note *NS* le nombre de sommets, *NA* le nombre d'arêtes et *NF* le nombre de faces. **Complète le tableau.**

solide	*NS*	*NF*	*NA*	*NS* + *NF* – *NA*
(1)	....	....	....	....
(2)	....	....	....	....
(3)	....	....	....	....

de vacances

Coquillages et crustacés !

3 Sonia rapporte des souvenirs pour ses camarades de classe. Chaque cadeau est un coquillage à l'intérieur d'une boîte cubique en plastique de 4 cm de côté.
Elle les range dans une boîte en carton qui est un pavé droit de dimensions 8 cm, 12 cm et 16 cm. La boîte est entièrement remplie.

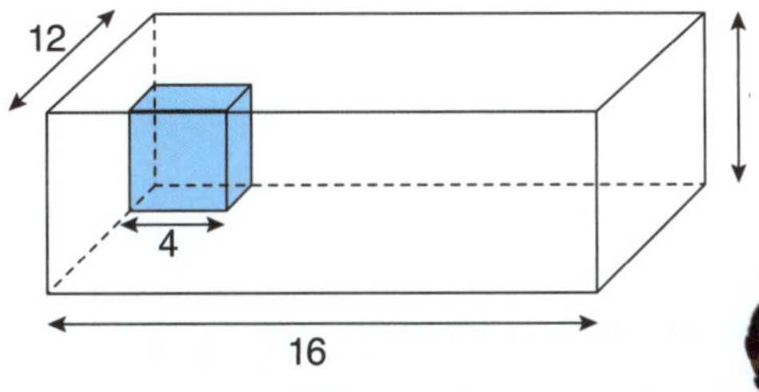

a Combien de couches de souvenirs y a-t-il dans la boîte ?

....

....

....

b Combien y a-t-il de souvenirs dans chaque couche ?

....

....

....

Compte le nombre d'objets dans chaque dimension, puis multiplie.

c Déduis-en le nombre de souvenirs achetés par Sonia.

....

....

4 Complète les perspectives cavalières suivantes de parallélépipèdes rectangles.

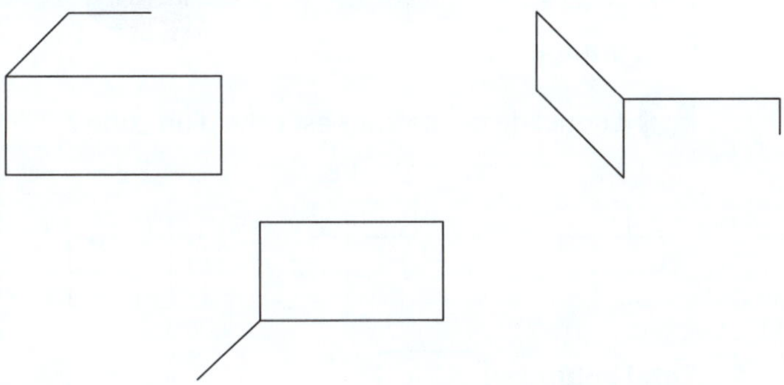

L'EXO RIGOLO

5 Explique pourquoi ces figures ne sont pas des patrons de parallélépipèdes rectangles.

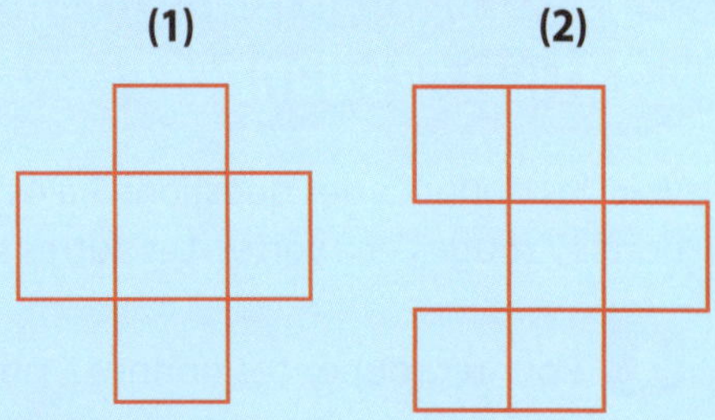

a Figure 1 : ....

....

b Figure 2 : ....

....

L'EXO MÉMO

6 *ABCDEFGH* est le parallélépipède rectangle ci-dessous.

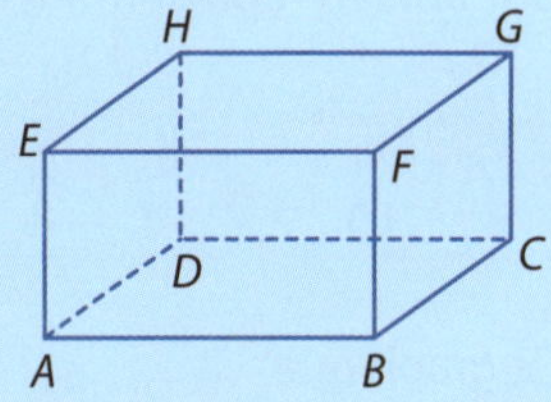

a Quelle est la nature de la face *ADHE* ?

....

....

....

b Que peux-tu en déduire pour les droites (*EA*) et (*AD*) ?

....

....

....

QUIZ BILAN

Pour chacun des 6 exercices d'une séquence, coche la bonne réponse. Après avoir consulté les corrigés, inscris ton score sur 6 dans la case prévue à cet effet. Si tu totalises moins de 4 points, nous te conseillons de revoir la leçon correspondante.

17. Organisation et représentation des données (pp. 44-45)

Voici les données des questions 1 à 4 : Paul a 35 billes dont 17 rouges et 8 vertes. Les autres sont bleues.

1 Pour regrouper ces données, on peut :

- ☐ **a. utiliser un tableau**
- ☐ **b. faire des calculs**
- ☐ **c. dessiner une figure géométrique**

2 Pour représenter ces données, on peut aussi :

- ☐ **a. dessiner une courbe**
- ☐ **b. faire un diagramme en rectangles**
- ☐ **c. dessiner un histogramme**

3 Le nombre de billes bleues est :

☐ **a. 10** ☐ **b. 18** ☐ **c. 25**

4 Un tableau représentant ces données est :

☐ **a.**

R	V	B
17	8	10

☐ **b.**

R	V
17	8

☐ **c.**

R	V	B
17	8	35

5 Ce graphique donne le nombre d'élèves dans chaque activité. Le nombre d'élèves pratiquant la danse est :

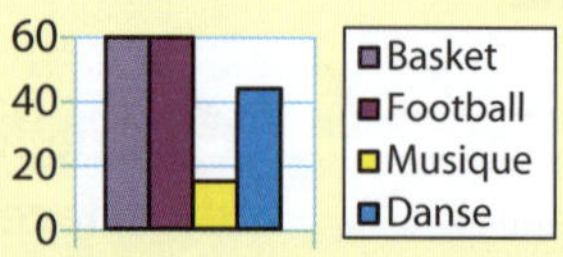

☐ **a. 20** ☐ **b. 60** ☐ **c. 45**

6 La courbe ci-contre donne les notes d'un élève en fonction du numéro du devoir. Le nombre de notes au-dessus de 10 est :

☐ **a. 5** ☐ **b. 8** ☐ **c. 15**

Total Organisation et représentation des données .... /6

18. Volumes (pp. 46-47)

Le parallélépipède rectangle *MNOPQRST* ci-contre est celui des questions 1 à 4.

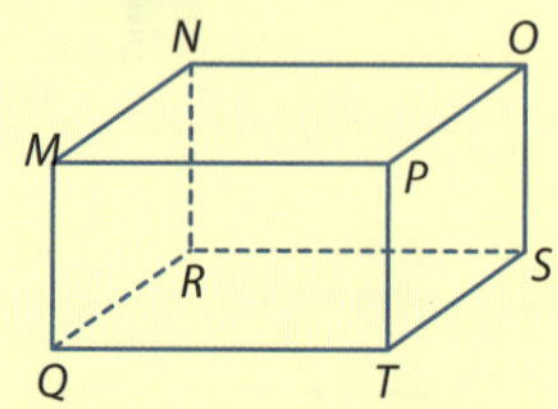

1 Quelle affirmation est juste ?

- ☐ **a. il y a cinq faces**
- ☐ **b. [*MO*] est une arête**
- ☐ **c. *R* est un sommet**

2 Quelle affirmation est fausse ?

- ☐ **a. (*MN*) et (*MP*) sont perpendiculaires**
- ☐ **b. (*MQ*) et (*PT*) sont parallèles**
- ☐ **c. (*MP*) et (*NR*) sont sécantes**

3 Dans la réalité, l'angle $\widehat{NOP}$ est :

☐ **a. aigu** ☐ **b. droit** ☐ **c. obtus**

4 L'arête [*RS*] est en pointillé, car

- ☐ **a. cela fait joli**
- ☐ **b. elle est horizontale**
- ☐ **c. en réalité, elle est cachée**

5 On a trois vues d'un même cube. La face opposée à la face verte est :

- ☐ **a. grise**
- ☐ **b. rouge**
- ☐ **c. orange**

6 Lequel de ces patrons est celui d'un cube ?

☐ **a.**

☐ **b.**

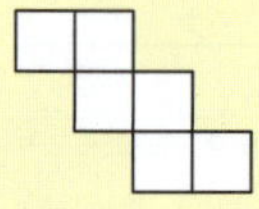

☐ **c.**

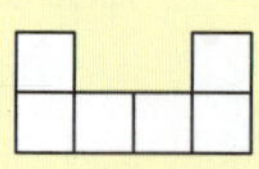

Total Volumes .... /6